女侠客

小町のお染

玉田玉秀斎 著

義と仁叢書 6

国書刊行会

まえがき

本書の主人公「小町《こまち》のお染《そめ》」は、江戸時代中期の明和年間（一七六四〜一七七二）に信州（長野県）と甲州（山梨県）を舞台に、胸のすくような活躍をします。

明和は最後の女性天皇第一一七代後桜町《ごさくらまち》天皇の即位による改元に始まり、田沼意次が同四年に側用人、同六年に老中格、同九年に老中となって実権をにぎり、平賀源内や杉田玄白、鈴木春信が活躍し、江戸三大火事の「目黒行人坂大火」（明和九年）により江戸市中の三分の一が焼失するというような時代です。海道一の大親分清水次郎長の活躍より一〇〇年ほど前の時代です。

史上に伝えられている複数の女侠客をモデルに、著者玉田玉秀斎《たまだぎょくしゅうさい》（一八五六〜一九一九）が描き出した女侠客です。

物語の中での「小町のお染」の本名は、武州《ぶしゅう》（埼玉県）川越藩松平大和守の浪人村越金弥の娘「お染」です。武術の心得もあります。今は改心して大友円之助の女房となっているとはいえ、その昔、盗賊だったこともあるので、捜索の目を逃れるため若衆姿に変装し、供《とも》の黒船忠治を伴い長野善光寺から旅に出ます。目的地は円之助の父親の故郷「甲州の矢村《やむら》」です。別れるときに夫から、

「宿願の親の仇討ちを成就したら、矢村に行く。そこで再会しよう」

と告げられたのです。善光寺を出発して間もなく、目明かしの達磨《だるま》の六造に、

「凶状持《きょうじょう》ちに違えねえ」

と嫌疑を掛けられて追われ、忠治と二人して諏訪川の急流に飛び込んで九死に一生を得たり、信濃屋栄五郎親分の世話の恩返しに、甲州一の轟《とどろき》大九郎大親分の賭場《とば》で千六百両の荒稼ぎをして、果たし合いに巻き込まれるなど、息も切らさぬ波瀾万丈の活

躍が展開します。果たして円之助との再会の首尾は……？。

本書の底本は人気絶頂の講談師二代目玉田玉秀斎が講演し、息子の山田酔神（阿鉄）が筆記したものです。明治四二年（一九〇九）に大阪の中川玉成堂から出版されました。明治時代は落語・浪曲・漫才とともに講談の人気が高く、英雄・豪傑・侠客の活躍が人々を魅了しました。

講談の人気を支えたのが、講演を速記者が書写し、加筆訂正して出版する「速記本」でした。その嚆矢《こうし》は三遊亭円朝の『怪談牡丹灯籠』（明治一七年、東京稗史出版社）です。大阪でもこれに刺激を受け、講談速記本が発行されました。

なかでも二代目玉田玉秀斎の人気は別格で、玉秀斎一派は本書出版の二年後に「書き講談」による文庫本シリーズ「立川《たつかわ》文庫」を立川文明堂から刊行し、爆発的なブームを呼びました（巻末の特集参照）。本書は二代目玉田玉秀斎の油の乗った時期の傑作講談速記本の一つです。

このたびの再版にあたり、左記のような編集上の補いをしました。

①旧漢字旧仮名遣いを新漢字新カナ遣いに改めました。
②表記も現代文に改め、差別用語に配慮し、一部を補いました。
③難字にはルビをふり、難解な言葉には（　）で意味を補いました。
④一一の見出しを付しました。
⑤巻末に本書理解のための特集を付しました。

平成二八年一月

国書刊行会

目　次

まえがき …… 1
一　円之助と別れて甲州矢村へ …… 7
二　筑摩の勘次を斬る …… 27
三　八角駒四郎の苦境 …… 48
四　轟一家の賭場で荒稼ぎ …… 70
五　轟一家との大喧嘩 …… 91
六　盗人宿での奇遇 …… 110

七　府中宿の鷲摑権五郎……129
八　武者修行者・万願寺加藤太との立合い……154
九　ワナにかかったお染……174
十　新宿での騒動と円之助との再会……194
十一　仇討ちを果たして……219
巻末特集「玉秀斎と講談速記本」……割田剛雄　237

一　円之助と別れて甲州矢村へ

大友円之助の女房小町のお染はその昔、盗賊だった。今は改心したとはいえ、いったん犯した旧悪を隠すわけにはいかない。探索の目を逃れ、人目を避けるために若衆姿となり、供《とも》の黒船忠治も野暮《やぼ》な手織り木綿に小倉《こくら》の帯という堅気《かたぎ》の寺男風に身を変えさせた。

一方、円之助は父九郎兵衛の仇の元上州上田の浪人鬼尾源左衛門《おにおげんざえもん》を探し出し、仇討ちの本懐を果たし、首尾よく仕官の道を開かねばならない。お染は夫と別れ、

「出会うところは、円之助の父親の故郷、甲州（現在の山梨県）の矢村」

と固く約束して、信州善光寺権堂の信濃屋重助宅を出発した。

お染と忠治の両人は路《みち》を急いで、信州の和田峠へやってきた。すると、向こうから菅《すげ》の三度笠に廻し合羽《がっぱ》、一刀を落とし差しにして、目倉縞の脚絆《きゃはん》に手甲掛《てっこうが》け、小さな包みを振り分けにかつぎ、身軽な身なりで三人の男がやってきた。お染たちとの距離が迫ると、お染が右へ避ければ右へすり寄り、左へよけると左へと道をふさぐ。側を歩く黒船忠治が、

「やい、この広い大道で、どうして邪魔をしやがる。ふざけたマネをしやがると、容赦しねえぞ」

と、堅気の風体《ふうてい》に似合わない言葉を使うので、お染はハラハラして、

「これ忠治、乱暴を言うな。この方々はお酒でも召し上がっておられるのだろう。もし、お三人。ご冗談をなさっては困ります。われわれはこれより甲州地へ参る者、どうか、そんなことをせずに、ご免ください」

と、言葉巧みに若衆になりきり、慇懃《いんぎん》にあいさつをした。すると三人はあざ笑い、

「アハハハ、あまりに男振りが好いので見惚れていりゃあ、胸のところはプックリ持ち上がり、言葉の音色は女としか思われず、手前《てめえ》ら両人は姿を変えて、その筋の目をくらます凶状持ちに相違あるまい。一応、身体を検査してくれよう」

と、理不尽にもその一人が、お染に近づくと胸に手を入れようとした。お染は先を読んで身構えるときっと男を睨《にら》みつけた。

「やい、無礼であろう。乱暴にも人の身体に触るとは何事だ」

「なんだこいつは。俺様を誰だと思うんだ。信州においては人も知ったる、目明《めあか》しの親分達磨《だるま》の六造とは俺のことだ。俺の検査を拒むとは、ますます怪しい。それ、両人を召し捕ってしまえ」

と叫ぶと、お染と忠治に向かって飛びかかってきた。何とか穏便《おんびん》にことを収めようとしたお染だったが、

「それ忠治、もうこうなったら仕方がない。油断をおしでないよ」

「なあに姉御《あねご》、大丈夫で」

と両人は応戦した。

お染は飛び付いてきた若者の首へ手をかけるとグイと前へ引き倒し、うしろから飛び付いてきたもう一人を身を沈めて衣担《ころもかつ》ぎにして投げ飛ばした。

一方の忠治は、目明《めあか》し達磨の六造と取っ組み合いを始め、上になり下になって苦戦している様子。お染は六造の横腹を蹴りあげた。六造は、

「ううっ」

と一声あげてその場へ気絶してしまった。そこへ騒ぎを聞きつけた六造の子分らしい男たちが、走ってくるのが見えた。お染は、

「忠治、背後から五、六人追っかけてくるようだ。早く逃げよう」

と言うと一目散に逃げ出した。その背後からは、

「やあ、そこの両人待て。逃げるな、おい」

と追いかけてくる。

お染と忠治は一生懸命に走って、和田村のはずれから諏訪湖の上流の諏訪川へと突きあたった。眼前は堂々たる諏訪の急流、背後からは先程よりも人数が増えて七、八人で追いかけてくる。

追いつめられた二人は川へ飛び込むよりほかに逃げ道はない。けれどもお染は、武芸の腕にかけては右に出る者がいない村越金弥《むらこしきんや》を父親に持ち、その教えを受けた娘であるが、唯一の弱点は泳げないことだった。お染は目の前の急流を見て、どうしようかと躊躇《ちゅうちょ》している。

背後からの追っ手はすぐ近くに迫ってきている。そのとき、天の助けか一艘の漁船が下流に見えた。忠治は、

「姉御《あねご》、あの船へ泳ぎつけば大丈夫だ。さぁ、飛び込みましょう」

「あらまあ、まさに助け船だね。私は泳ぎは知らないが、こうなっては仕方がない。運を天に任せて飛び込もう」

と一緒に堤の上から飛び込んだ。水は矢を射るように激流だが、二人は懸命にもがいて船に泳ぎついた。船へ抱き付いた拍子に船の錨《いかり》が取れて、船は下流へと流れ出した。堤の上には七、八人の追っ手が現れ、船に向かって、

「やい、その船戻れ、止まれ」

と大声をあげていた。

船は木の葉のように激流の波に漂《ただよ》いながら、一里ばかりも押し流されると、ようやく流れが穏やかなところへ出た。船にしがみついていたお染めと忠治は、ようやく息を吐くと、船の内に入り込んだ。すると漁師は、

「おや、いい心持《こころもち》で寝ていたのに、船が流され変だと思っていたら、手前《てまえ》らが取りすがったので押し流されたのだな。おいおい、ずぶ濡れでここへ入って来ちゃいけね

え。いったい手前らは誰だい」

といかにも不機嫌そうに尋ねた。お染は、

「決して怪しいものではありません。どうか助けてください」

「なに、助けてくれと。だいたい手前らは心中じゃねえのか」

「いいえ、心中だなんて、そんなものじゃありません。まずは話を聞いてください」

忠治はそう言うなり、船の中へ入り込むと衣類を脱ぎ、これを絞って船の舳《もと》へ広げて干した。

「漁師さん、わたしらは捕方《とりかた》に追っかけられて、川へ飛び込み、この船へ辿《たど》りついたんですよ」

すると漁師は目を丸くして、

「なっなんだと、捕方に追っかけられたと。そいつはいけねぇ、もしも関わり合いになっては大変だ。さぁ出てもらおう」

遅れて船に上がってきたお染は、髪の雫《しずく》を払いながら、

「おやおや、あなたもひどいことを言うねえ。人を助けりゃ善根《ぜんこん》になるじゃないか。それにいまさら出てくれと言ったって、どこへ出るのだい。私たちがこの船に乗ったからといって、お前に罪が移《うつ》るわけじゃなし、衣類が乾くまでここに置いてくださいな。もちろん、いくらかの礼はしますよ」

と、金の話を持ち出した途端、漁師の態度は急変し、

「へえ、そりゃ、礼をくれるというなら差し支えないが……」

と言葉を濁《にご》すと、握り飯を出し、釣った魚を焼き、酒の残りを出すという親切な待遇に変わった。その様子を見たお染は笑い出し、

「コレ漁師さん、地獄の沙汰《さた》も金次第と聞いたが、ずいぶん現金だね。まあおかげで助かるけれど」

と打ち喜んだ。やがて衣類も乾いてきたので、二人は身支度《みじたく》をはじめた。忠治はお染

に向かい、

「姉御、どこか岸へつけてもらって、陸にあがりましょう」

「そうだね、それがいいね」

「漁師さん、このあたりは何という土地だね」

「へえ、ここは諏訪湖の入り口ですよ」

「おや、もうそんなに来たのかね。それでは、このあたりに名のある顔役とか侠客とかいうような人がいるだろうかね」

「へい、おりますとも。この岸をのぼって一里ばかり向こうへ行くと、茅野《ちの》というところへ行きます。そこにこの界隈《かいわい》きっての大親分、信濃屋栄五郎という親分がおります」

「へえ、それはありがたい。この金はお礼だよ、どこか岸へつけておくれ」

と言うと、お染は懐《ふところ》から五両を出した。飛びあがるほど驚いた漁師は、五両とお染

の顔を交互に見ると、

「へえ、承知しやした。しかしこんな大金を頂いてもいいのですかね」

「遠慮せずに取っておけ、閻魔様《えんまさま》への前払いだよ」

「へえ、それはどうもありがとうございます」

漁師はお染の気が変わらないうちにと、急いで船を岸につけた。

お染と忠治は漁師に礼を述べて岸にあがった。ところどころで道を尋ね、日が沈む前に信濃屋栄五郎の住んでいる茅野宿へと到着した。

とりあえず宿を決めると、お染は、

「これ忠治、お前はこれから信濃屋栄五郎のお宅へ行って、私が来ているが会いに行っても差し支えないか、聞いてきておくれ」

と忠治を使いに出した。

宿を出てほどなくして忠治は、信濃屋栄五郎の家を見つけると、

「ちょっくら御免なさい」

と声をかけて入っていった。すると奥から若い者が出てきて、

「へい、いらっしゃい。どちら様で？」

「はい、私は黒船忠治という野郎ですが、栄五郎親分はいらっしゃいますか」

「へい、おります。それで、何の御用で」

「ええ、ちょっと直々《じきじき》にお目にかかってのお話があるんです。どうかお取り次ぎを願います」

「そうですか、では、しばらくお待ちを」

と言うと若者は奥へ入った。やがて出てくると、

「どうぞ、お入りください」

と忠治を家の中へ案内した。若者に案内されて信濃屋栄五郎の居間へ通されると、忠治は改めてあいさつをした。お染の伝言を伝えると栄五郎は、

「ふうむ、かねてから評判の小町のお染が見えたか。では、宿屋などは危険なので、この家へ来た方がいい。ゆっくり話もしたいものだ」

「へえ、それでは宿へ帰《けえ》りまして、姉御にその話をいたしやしょう。ありがとうございました」

と言って、忠治は急いで宿屋へ戻ると、お染と信濃屋栄五郎の家へ向かった。

栄五郎宅に着いて初対面のあいさつを交わしたあと、栄五郎はお染に、

「時に姉御は詮議《せんぎ》で厳しい身体なので、迂闊《うかつ》にぶらぶらと外へ出ないで、しばらく私の家で遊んでいくがいい」

と提案する。お染は頭を下げて、

「はい、いろいろとご親切にありがたいことです。私たちはこれより甲州の矢村へ行く身の上なので、長く留まることはできませんが五、六日ご厄介《やっかい》になりましょう」

と、栄五郎の親切に身を寄せることにした。それからは四方八方《よもやま》の話をして楽しいひ

とときを過ごした。

三日目に、男が栄五郎の家へ尋ねて来て、

「ヤイヤイ、栄五郎はいるか。筑摩《ちくま》の勘次が来たと取り次いでくれ」

と怒鳴り立てる。子分は栄五郎のところへきて、

「親分、また勘次親分がやって来ました。どうしましょう」

と取り次ぐ。お染や忠治と楽しく歓談していた栄五郎は、眉のあいだに皺《しわ》を寄せて、

「そうか、またうるせい奴が来たものだ。俺はいねえと言って帰《けえ》せ」

「ヘイ、しかし、勘次親分はすぐには帰らないと……」

と言いながら、子分は玄関先で筑摩の勘次に栄五郎の不在を告げた。すると勘次はあざ笑い、

「なんだ、栄五郎はいないだと……やい、今たしかに奥で笑い声が聞こえたのを、

承知しているのだ、ぐずぐずぬかしやがると奥へ踏み込むがどうだ。いつ来ても、いつ来ても、いねえだとか、留守だとか、糞面白くもねえ。さぁ、栄五郎に早くここへ出てこいと言ってきな」

と、怒鳴り散らす。

玄関の騒ぎが気になったお染は、栄五郎に向かって、

「親分、彼《あれ》は何です。差し支えなければ話していただけませんか。及ばずながら、相談相手になりましょう」

と尋ねてみる。栄五郎は頭をかきながら、

「いや、お尋ねいただき恐れ入る。彼《あれ》はこの界隈《かいわい》での難くせ者で筑摩の勘次という奴だ。実は俺の出入り先の若旦那が、彼《あれ》の詐偽博打《いかさまばくち》に引っ掛かり、正金《しょうきん》（現金）で二百両取られ、なおその上に三百両、都合五百両を取られたものだから、諦めきれずに残り三百両は棒を引いてくれと、しきりに頼んでいた。

しかし筑摩の勘次は、先方が金持ちの若旦那というのを見込んで、どうしても承知しねえだけではなく、毎日家に怒鳴り込んでくる。困り果てた親旦那が俺に相談に来たわけで。俺も筑摩の勘次じゃ相手が悪いとは思っても、親旦那からの頼みなので無視できず、とうとう俺がこの一件を引き受けて、話をつけることになったわけだ」

「では、栄五郎親分の力で、事は収まったのじゃないんですか」

「ところが、どうも最近、俺の懐《ふところ》も寂しくって、三百両の用意に時間がかかる。それに、勘次の野郎は少々腕っ節があるもんだから、〝勘次を怖れて信濃屋栄五郎は三百両の大金を渡した〟と噂されては男が立たねえ。まあそんな意地の張り合いから、この様《ざま》よ。誠に閉口いたしやす」

「なるほど。それで親分は会わねえのですか」

「いや、会わねえことはないが、会ったら会ったで野郎はすぐに乱暴を働きやがる。それが面倒なんで、何か名案が浮かぶまでは会わねえようにしているところで」

「ははあ、そうですか。では忠治、ここの子分として出ていって、三百両は払うことができないと、あの筑摩の勘次とかいう親分と掛け合ってみたらどうだね」

と忠治に言う。忠治は、

「姉御、わかりやした。私《わっち》が追っ払ってきましょう」

と、すぐさま座を立とうとする。栄五郎はそれを押しとどめ、

「いや、いくら忠治殿が掛け合っても、そりゃ駄目だ。かえってご迷惑がかかるかも知れねえ。知らぬ風で放っておいてくだせえ」

「いや、そうはいかねえ。親分心配《しんぺえ》ねえ。俺が今後は喧《やかま》しく言ってこねえように、灸を据えてやりましょう」

と言い残し、忠治は平然とその場を立った。

忠治は玄関へ行くと、怒鳴り立てている筑摩の勘次の前へ仁王立ちになり、

「ヤイ、手前は何だ。人の家へ来やがって、朝っぱらからガヤガヤと怒鳴り立てや

がると承知しねえぞっ。足許《あしもと》の明るいうちにぐずぐずぬかさず帰りやがれ！」

と。これを聞いて筑摩の勘次は顔を真っ赤にして怒り立ち、

「な、な、なんだ、手前《てめえ》はこのへんで見かけねえ野郎だから、この筑摩勘次の腕前を承知しないとみえる。こうしてくれる」

と突然、勘次は忠治へ跳びかかり胸倉を力にまかせて締め付けた。忠治は不意をくらったが驚かず、

「おのれっ、ふざけた真似をしやがるな」

と受けて立った。

両人は取っ組み合いをはじめ、上になり下になり組み合ったが、とうとう忠治は勘次の下に組み伏せられてしまった。さすがの忠治も勘次の怪力に目を黒白にしてもがいていると、奥の間から現われた小町のお染は、忠治が組み敷かれてもがき苦しんでいるのを見て、

「これ忠治、口程《くちほど》にもなく弱いじゃないか。こんな蚊蜻蛉《かとんぼ》野郎は、こうしてやるもんだよ」

と言いながら、腕を伸ばして勘次の首筋元を引っ摑むと、

「ヤアッ」

という一声で忠治から引き離し、

「エイッ」

と言う声とともに、大兵《たいひょう》肥満《ひまん》の勘次を肩に担ぎ、庭をめがけて投げ飛ばしてしまった。筑摩の勘次は庭の隅へ投げつけられて、地響き打って倒れた。顔をしかめながら腰を擦《さす》って、

「痛っ、どこのどいつだ、こんなひどいことをしやがるのは。背後から首筋を引っ張るという奴があるか。さぁ承知しねえぞ、勘弁ならねえ。出てこいこの野郎」

と起きあがってみると、縁側にはお染の姿しかない。不思議に思いつつも、

「やい、この勘次の首筋を摑んで、投げやがった奴はどこへ行った」

「あら、どいつでもない。この私《あたい》だよ」

「な、な、なんだと。手前《てめえ》は女じゃねえか」

「ああそうだよ。女だからお前を投げられない、ということもあるまい」

「やや、こいつ馬鹿に落着きやあがって。にこにこして気に入らねえ。ううむ、女の分際で小癪《こしゃく》な、覚悟しやがれ」

とお染に跳びかかってくる。そこでお染はにっこりと笑いながら、

「やい、身のほど知らずの馬鹿者め。いかさま博打《ばくち》で人の金を巻きあげるとは何事だ。以後のこらしめのため、こうしてやろう」

と飛びついてきた勘次の腕首を摑むと、柔術の極意で腕を逆にねじ上げて腕を外《はず》してしまった。日頃は力量自慢とはいえ、さすがの悪党勘次も、柔術の腕に優れたお染には敵《かな》わない、顔色を青くして、

「ああ痛《いて》え、痛《いて》え。腕を抜きやがったな。こうなりゃ殺すなり、何とでもしやがれ」

ともがき苦しんでいる。お染はようやく起きあがってきた忠治に、

「これ忠治、こいつを戸外へ放り出しておしまい」

と言いつけると、

「へい姉御、合点で」

と勘次の襟頭を引っ掴むと、表へ引きずり出し、

「一昨日《おととい》来やがれ！」

と突き飛ばした。

二　筑摩の勘次を斬る

筑摩《ちくま》の勘次を懲《こ》らしめた小町のお染と黒船忠治は、奥の間へ引き返し信濃屋栄五郎と酒宴を催した。栄五郎は両人に向かい、

「姉御、勘次の野郎を懲らしめてもらったのはありがたい。が、しかし、執念深い奴のことだから、必ず仕返しをしてくると思う。念には念をいれて、どうか明日にはここを出発して下せえ。ご両人に迷惑がかかっては、お気の毒だから」

と言った。この心使いにお染めは、

「はい、承知しました。ご親切にありがとうございます。私たちがいるせいで親分

に迷惑があっては申し訳ないので、明日には出発いたしましょう」

とその提案を受けて話がまとまった。次はどこへ向かおうかとお染と忠治で相談していると、栄五郎は真剣な顔になって、

「実は、姉御たちへの詮議が厳しいので、滅多なところにはいられねえ。そこで、甲州の台ヶ原に八角駒四郎という俺の兄弟分がいるので、そこへいってはどうだね。俺が手紙を書くから」

と言った。お染は、

「はい、いろいろと御親切にありがとうございます。それではお願いします」

と栄五郎の厚意に甘えることにした。

その真夜中に信濃屋栄五郎宅の表戸へ、十五、六人の人影――捕方目明《とりかためあか》し連中――があらわれた。それを先導するのは筑摩の勘次だった。勘次は声をひそめて、

「お役人様、俺は昼間にお尋ね者の小町のお染に手酷《てひど》い目にあわされ、このように

白木綿で腕を釣り上げているざまで。奴は女のくせに手ごわいですから、くれぐれも用心してくだせい」

「おお、承知した。じゃあ裏と表の戸口を堅めて、鼠《ねずみ》一匹逃がさぬぞ」

というと、半分を裏手へまわした。準備が整うと、

「さあ、勘次。お前《めえ》が呼び起こしてくれ」

「へえ、かしこまりました」

と勘次は、

「やい、栄五郎はいるか、筑摩の勘次だ。昼間の仕返しに来たぞ、ここを開けろ、早く開けねえかっ」

と激しく戸を叩いた。この騒ぎに目を覚ました子分の市助は、

「こんな真夜中に誰だ、やかましい。用があるなら夜が明けて来やがれ。そうドンドン戸を叩くな、やかましいわい」

と言いながら、親分栄五郎の居間に飛んでいった。襖越しに市助が、

「もし親分、筑摩の勘次が昼間の仕返しじゃとぬかしやがって来ておりますが、どうしましょう」

と尋ねると、

「おお、市か、襖を開けて中へ入れ」

と返事がする。栄五郎はすでに寝床の上に起きて帯を締め直し、一刀をかたわらに引き寄せて身支度をしていた。これを見た市助は驚き、

「親分、ついさっき戸を叩きはじめたのに、もう準備万端なんですね」

「おお、当たり前だ。それよりも裏の離れへ行って、お客人を起こしてこい」

「ヘイ、かしこまりました」

と市助が部屋をあとにしようとすると、背後から声がかかった。

「それにはおよびません。親分、私たちも加勢いたしましょう」

と言うのは身支度を整えたお染と忠治。お染たちの姿を見た栄五郎は大いに喜び、

「なるほど、ご両人も準備万端か。さすがは蛇《じゃ》の途《みち》は蛇《へび》だ。それほど気をつけているなら、どこへ行こうとも大丈夫だ。

どうやら勘次だけじゃなく、捕方を手引きして来たようだ。だから裏戸にも追っ手がいるに違えねえ。俺が表戸を開けたら、すぐにご両人は飛び出してお逃げなせえ。あとのことは俺が引き受けるから、心配にはおよばねえ。ついてはこの手紙を」

と懐《ふところ》から取り出したのは八角駒四郎への手紙だった。栄五郎の抜け目ない配慮に、お染は感心し、

「はい、いろいろと面倒をおかけいたします。では、おっしゃる通りあとのことは親分にお任せします」

と頭を下げた。お染は忠治に向かって、

「忠治、ことの起こりは筑摩の勘次。あのような悪人を生かしておいては、誰のた

めにもならない。行き掛けの駄賃に、バッサリ斬っておしまいよ」

「ヘイ、姉御。合点で」

と忠治は刀の目釘《めくぎ》を湿らすと、栄五郎の背後について、お染と一緒に忍び足で玄関へ出て行った。玄関で立ち止まると、栄五郎は声鋭く、

「やい、夜中に戸を叩く奴はどいつだ」

と叫んだ。これを聞いてようやく戸を叩くのをやめた勘次は、

「おお、やっと起きたか、鈍い奴め。筑摩の勘次が昼間の仕返しに来たんだ。ぐずぐず言わねえで、ここを開けろ」

と捕り方の加勢に気を大きくして罵詈雑言《ばりぞうごん》を浴びせる。栄五郎は、

「やかましいわい。信濃屋栄五郎は敵に声を掛けられて、逃げ隠れするような頓馬《とんま》野郎じゃねえんだ、さあ入れ」

と言うと、あっさりと門の戸を開けた。

表戸が開くと同時に、栄五郎の子分四、五人は庭に積み重ねてある石灰の俵を、バアッと戸外へ放り出した。捕方たちは戸が開いたので、十手と捕り縄を打ち振りつつ、

「小町のお染、御用だっ」

と、乗り込もうとした頭上へ石灰が降ってきた。突然のできごとに、何が起きたのかわからず、ただわめくばかりだった。

ここぞとばかりに栄五郎は六尺棒を持って表へ飛び出し、

「やい、真夜中に多人数で、人の表戸を破れるように叩くのは、定めて強盗に相違ねえ、覚悟しろ」

と手当たり次第に叩き倒した。そのうしろからお染と忠治が飛び出したが、捕方《とりかた》は眼が開けられないので、両人が飛び出したのを知らずに、なおも慌てて騒いでいる。

このとき忠治は、一刀を抜くより早く、あわてふためいている勘次に近寄ると、も

のも言わずにその右の利腕《ききうで》を斬り落とした。

「アッ」

と一声、悲鳴をあげて倒れようとするところを倒しもせず、またも白木綿でつり上げている左の腕を斬り離した。その場へ倒れて気絶する勘次を見ると刀を収めた。

「さあ姉御、こうしておけばもはや虫の息。あとは栄五郎親分に任せて、一刻も早く出掛けやしょう」

と、お染を先にして一目散に走り出した。

捕方《とりかた》目明《めあか》したちは、両人の逃げ去ったのを知りもせず、わいわい打ち騒ぎ、裏手に回っていた連中も表へ来たり、ともどもに栄五郎の家へ乱入し、家捜しをしたが、早や影も姿も見えない。やむを得ず、栄五郎を召し捕り、役所へ引き上げ、栄五郎を取り調べた。栄五郎は、

「存ぜぬ知らぬ」

の一点張り、その上で、

「それは、筑摩の勘次が私に日頃の遺恨があったから、根も葉もないことを申し立て、私を罪に落そうとしたのでございましょう」

と怯《ひる》まず臆《おく》せず弁解した。役人衆も日頃から信用のある栄五郎のことなので、捕縛目標の小町が逃げてしまったあとでは仕方がなく、とうとうウヤムヤとなり、信濃屋栄五郎は無罪放免ということになった。

さて、小町のお染と黒船忠治は、ドンドンと栄五郎宅から逃げ去り、ようやく二里ばかりも走り、

「もはや、追っ掛けてくる気づかいはないだろう」

と、道端の石に腰を下ろし、しばらく息を憩めた。一息入れたあと道を急いで、蔦木もすぎ篠子峠の麓へ出てきたころに、夜が白々と明け始めた。そこで両人は村はずれの木賃宿を叩き起こし、言葉巧みに婆さんを欺き、朝飯を喰い、しばらく奥の間で憩《やす》

んだ。両人は昨夜からの疲れで、ぐっすり寝込んでしまい、目覚めたころは午後四時ごろだった。そこで両人は仕度を命じ、充分腹も拵《こしら》え、さて婆さんに向かい、

「この篠子峠の登り下りは、何里ほどあるんだい」

「はい、登りが二里に下りが二里でございます、してお前さん方は、これから登りでございますか」

「ああ、日のあるうちに越したいね」

するとと婆さんは呆れ返り、

「おやまあ、お前さん達は知りなさるまいが、この篠子峠は随分難所がありまして、女の足ではとても日のある内には難しゅうございます、それに日が暮れますと、狼が出まして、旅人を悩ますそうで、そのため夜に入りましたら、誰も通行する者はございません」

すると黒船忠治は

「ウム、そいつは面白い、おらあ未だこの年になるまで狼なんて見たこたあねえんだ。じゃあ姉御、ぼつぼつ出掛けやしょうか」

「あいよ」

と宿の婆さんから提灯を貰い受け、燧《ひうち》道具その他の用意も充分出来上がり、宿屋へも過分の心付けをやり、お染と忠治の両人は、婆さんの止める袂を振り払い、道を急いで篠子峠へめざして登って行く。すでに山の中腹を越え、もはや十丁あまりで、峠へ着こうという所で、日はズンブリと暮れてしまった。時はちょうど陰暦九月の十三日、月は中空に冴《さ》えわたってきた。大木や老樹が空をおおい、四方は森々として、虫の子一匹鳴きもせず、ただ梢を吹く風の音が轟々《ごうごう》と鳴るばかりであった。黒船忠治は気味悪くなったと見え、

「姉御、どうも忌《いや》な気持ちがしやすよ、提灯に火を灯けて行きやしょう」

するとお女でこそあれ、剛胆極まるお染は笑いながら、

「ははは、恐気《おじけ》が差したと見え、そろそろ本音を吐き出したようだ。この月夜に提灯なんて灯けないでいいよ」

「いや、そうじゃあなくて、狼は火を見ると逃げると聞いていたので、火を灯けようと…」

と火打石を取り出して、提灯に火を灯《とも》し、お染の後よりついていく。ようやく峠間近にさしかかったと思うと、にわかに傍《かたわ》らの樹木の隙間より、ガサガサと音がして跳り出た狼一匹。忠治の眼の前へスックと立ち塞《ふさ》がった。忠治はビックリして、

「やあ大変大変、姉御、狼が出やしたよ」

このときお染は振り向き、

「これ忠治、何も心配することはない、ズンズンこちらへお出でよ」

「へえ、どうして往《い》けますものか。やい狼、そこ退け、畜生退いてくれ」

と提灯を振り廻して、追い払うようにするが、狼はなかなか退きそうもない。爛々《らんらん》た

る眼を光らせ、牙を剥《む》いて耳まで裂けた口を開き、じっと忠治を見詰めている。忠治は日頃の気性にも似ず、狼は苦手と見え、顔色も青くなって立ちすくみ、進むことも退《の》くことも出来ずにいた。ついに堪忍できなくなったと見え、突然提灯を狼めがけて投げ飛ばし、腰の一刀を抜くより早く、狼に向かって、ヤアッとばかりに斬り付ける。狼は大いに怒り出し、ヒラリと体をかわして、忠治に飛びつく勢い。忠治は今は一生懸命に、

「エエッ、畜生め、くたばってしまえ」

とますます激しく切り込んでいく。忠治が横に払った一刀に、狼は前足を薙《な》ぎ払われ、ドッと倒れる。してやったりと忠治は跳び込むや否や、肋を目がけて、プッツリと刺し貫く。狼も堪らず、キャッと悲鳴を挙げて苦しみながら、オウオウと遠吠えをする間に、あら不思議や彼方《かなた》の谷間や樹木の影より、ヒラリヒラリと現われ出た狼の群《むれ》。かれこれ二、三十頭。牙を鳴らし歯を剥《む》いて、忠治を取り囲み、飛び付こうと身

構える。このものすごい有様に、忠治は身も縮まるばかり。

「ひゃあ、姉御、助太刀助太刀、じっとそこで見物とは殺生《せっしょう》だ」

と今は絶体絶命。小町のお染はそれを眺めて、

「それ見や、狼はこちらから手を出さなければ、何をするものじゃない。いらぬことをして災いを求めるということがあるものか。もっともこうなっちゃ仕方がない。さあ忠治、しっかりおしよ」

と帯にはさんだ短刀、抜くより早く、狼の群へ飛び込んで、あちらへかわしこちらへかわし、突く、斬る、蹴るの飛鳥の働き。忠治もこれに勢いを得て、同じく一刀振りかぶり、喚《わめ》き叫んで斬り込んだ。しばらくは両人二カ所に分かれて、一生懸命に働いていたが、今は早や十五、七頭の狼をそれぞれ斬り倒した。残りの狼はかなわないと思ったか、一匹逃げ二匹逃げ、とうとう一匹も残らず、どこかへ逃げてしまった。両人はホッと息を継ぎ、互いに顔を見合わせながら、

「忠治、お前どこも怪我はなかったかい」

「ええ姉御、幸い怪我もしねえで済みやした、姉御はどうです」

「私も怪我はなかったよ、お前がいらぬことをしたから、無益の殺生《せっしょう》をしたよ」

「へえ、わっちも驚きやした、狼の千匹連《せんびきれん》と言うのはこれですかね」

「そうだよ。狼は手出しをせねば何も害をするものじゃない。かえって山路に迷った時なんぞは、道案内をしてくれるものだよ」

「ははん、妙なおもしろい獣ですな、しかし恐ろしかった」

とさすが負けん気の黒船忠治も、胸をなでおろし、安堵の思い。そこで両人はまたも道を急いで、峠を下り、麓の小淵村に着いたころに、夜は白々と明けてきた。両人はどこか休憩をする所はないかと、田んぼ道を伝ってズンズン進むと、田んぼの中に茅《かや》葺《ぶ》きの一軒家があり、脇に水車が仕掛けてあり、爺さんと婆さんが早くも起きて、しきりに家の周囲の掃除をしている。お染は見るより、これ幸いとそこへ行き、

「はい、御免下さい。旅の者でございますが、どうか、しばらく休ませて下さいませんか」

すると、爺さんは両人をじっと眺めていたが
「もし、お前さんたちは朝早く、どこから来たかね？」

「はい、篠子峠を越えて」

「じゃあ、昨夜は狼を退治なさったな」

「へえ、どうして爺さん、それがわかります」

このとき、爺さんはお染と忠治の衣類を指さし、

「それ、お前さんたち両人の衣類に血が着いているよ。それでそう言ったのだ。まあ怪我が無くて結構結構、さあ茶も沸くから、飯でも喰って休んで行きなさい」

と田舎の人は誠に親切なもので、お染と忠治を連れて、家の内へ入り、とても丁寧に待遇してくれる。二人は深く喜び、しばらく休憩していると、婆さんはそこへ飯櫃《めしびつ》と

香の物と茶を持ってきて、

「さあ旅の衆、御飯をどうぞ。夜通し歩いて、おまけに狼に出遭っては、随分くたびれなさったであろう。飯を食べてしばらく横になって、身体を休めたらいい」

とへだてのない挙動に、お染と忠治は互いに打ち喜び、

「これ忠治、渡る世間に鬼はなしということがあるが、田舎の人ほど親切な方はいない。それではお婆さん、遠慮なくいただきます」

「さあさあ、何も口に叶《かな》うものはないが、たくさん召し上がれ」

と言いつつ奥へ行く。両人は朝食をご馳走になり、それからしばらく横になり、疲れを休めていたが昨夜少しも眠っていないので、二人ともスヤスヤと寝入ってしまった。ようやく目が覚めたのが昼少しすぎたころで、お染は、

「これは、どうも済まんことをしました、昨夜一睡もしていないので、ついウトウトと、良い心持《こころもち》に寝入ってしまいました、これ忠治、もう起きてはどうだい、忠治、

忠治」

と揺り起こす。このとき爺さんと婆さんは、

「いや、姉さん、起さないでもいい。遠慮しないで寝かせて置きなさい。そしてお前さん昼飯を食べたらよかろう」

「はい、ありがとうございます。それじゃ、御馳走になります」

と忠治を寝かせて置いて、一人で昼飯も済ませ、手拭いを湿らして来て、着物の血を拭い取っていると、爺さんはお染に向かい、

「ときに姉さん、お前さんたちはこれから、どこへ行きなさるのじゃ」

「はい、これから台ヶ原へ参ります」

「フム、台ヶ原のどこへ……」

「はい、八角駒四郎親分の所へ」

「なに、八角駒四郎の所へ行きなさるか。あの駒の野郎も、近頃は親方とか言われ

て、威張っていやぁがるが、まあ、あまり悪いことをしねえだけが駒の取り得でございましょうよ」

「すると爺さんは、駒四郎親分を御存知で」

「ええ知っているどころか、あれはわっちの倅《せがれ》ですよ」

これを聞いてお染は驚き、

「それでは、お爺さんが八角親分のお父さんですか。それはどうも知らんこととは申しながら、誠に失礼をいたしました、八角親分の所へ行く私たちが、その親父《おやじ》さんのお宅で、御厄介になりますのも、何かの因縁でございましょう」

と互いに打ち解けて、四方八方《よもやま》の物語を話した。やがてお染は忠治を起こし、

「これ忠治、このお宅が八角親分の親父さんの所だよ、よく御挨拶をおしよ」

「へへェ、そうですかい。そりゃどうも親父さん、済みません。よい息子を持ちなすって、楽隠居が出来ますな」

「アハハ、楽隠居どころか、今でもときどき厄介《やっかい》を背負い込むので困りますわい。しかし道楽渡世に似合わぬ正道《せいどう》な奴ですから、それだけが取り柄です。してお前さんたちは何の用で、駒の野郎を尋ねて行かれます」

「はい、私は元武州入間郡川越の御城主、松平大和守様の浪人で、村越金弥の娘お染と申します。実はかくかくしかじかの身の上で、良人の父親の在所が甲州の矢村ですので、それを尋ねて行くついでに、八角親分を尋ねたいと思っております」

「フム、そうですかい。どうもお前さんはなかなか器量がいいし、ただ者じゃないと思っていました。しかし悪いことを止めなさったのは結構。悪は栄えるためしなしで、悪をすれば天罰は覿面《てきめん》。よく改心しなさった」

と互いに話をしているときに、奥より二十四、五歳ばかりの婦人が出てきた。

「はい、お客人様、御飯をおあがりなさいませ」

と言いつつ、忠治の前へ膳を差し出す。お染も忠治も、今まで婦人のいるのを知らなかった。素敵な別嬪《べっぴん》が出て来たので、不審に思いながら、丁寧に挨拶をして、お染はじっと婦人を眺めていた。礼儀作法もわきまえ言葉なども上品で、どうも田舎の婦女とは見えない。婦人が奥へ立ち去ったあとで、爺さんに向かい、

「もしお親父さん、ただ今の御婦人は、あなたの娘さんとも見えず、このあたりの婦人にしては、どことなく上品な所があるように思いますが、失礼ですが、どういう素性のお方です。どうやら事情がありそうだけれども、差支えなければ、お話し下さいませんか」

と尋ねられて、爺さんと婆さんは目を瞬《またた》き、

「おお、よう尋ねて下さった。あれの身の上については、誠に憐れな話がございます、どうか一通りお聞き下されと」

と爺さんが涙ながらに語り出した。

三　八角駒四郎の苦境

小町のお染と黒船忠治の両人が、爺さんの話を聞くと、妙齢の婦人は八角駒四郎親分の女房、お春であった。財産家の娘で駒四郎に惚れ込んで、無理に両親の許しを得て、駒四郎の女房になったのだ。嫁入りして四、五年の間は、誠に夫婦の交情も良かった。ところが、この台ヶ原の町に小さな飲食店があり、お作という器量はよいが、あまり評判の良くない娘がいた。どうした拍子か、お作と駒四郎が深い仲となり、なんの罪もない女房のお春を追い出して、今では夫婦同様にしている。お春と駒四郎の間には、当年五つになる男の子までいるという。爺さんは、

「しかしお春は、誠に貞女で一度縁付いた以上は、どういうことがあっても、実家へは帰らない、死んでもいやじゃと言って、尼になるとか、淵川へ身を投げるとか申しますのを、無理矢理に引き止めて、ここへ連れてきています。我々を親と思えばこそ、いやな顔もせず親切に孝行を尽くしてくれます。それに付けても、どうかして駒の性根を入れ替えさせ、阿婆擦《あばず》れ女を叩き出し、お春を元の鞘へ収めたいと、いろいろ心配しておりますが、まだ駒四郎の夢が覚めないと見え、なかなか親の言うことを聞き入れてくれません」

と涙ながらに語る。お染は一部始終《いちぶしじゅう》を聞き終わり、女同志だけにお春に対して同情の思いを感じ、

「なるほど、それはお困りでございましょう。しかし男というものは、ずいぶん無茶苦茶なもので、一時の色香《いろか》に迷って、貞節の女房を放り出すようなことは、世の中に幾らもあります。まあ、時期の来るのを待って、決してくよくよ思わず、気を永く

するのが勝ちです。その内に親分の夢も覚めましょうから、決して心配なさらぬほうが宜《よろ》しいですよ」

「はい、御親切にありがとうございます」

と爺さんと婆さんは涙を拭きながら、深く喜んでいる。すると黒船忠治がかたわらより、

「して、親父《おやじ》さん、そのお作という女の性質は？」

「はい、誠によくない奴で、ときどき私らが行っても、厄介者扱いをして、ろくそっぽ口も利きません」

「フム、不都合な女だ。じゃあ親父さん心配しなさんな。これから姉御と一緒に尋ねて行くのも幸い、何とか狂言をして、そいつを放り出す工夫をしましょう。なぁ姉御、そうじゃありませんか」

「おお、忠治よい所へ気が付いた。なんとか工夫をして見ましょう」

とお染と忠治は、互いに心に頷《うなず》きながら爺さん婆さん両人を慰める。気がつくと日が西山に傾こうとしているので、お染は爺さんに向かい、

「親父《おやじ》さん、不思議なご縁で、一日ご厄介になり、どうやら疲れも取れました。昼は人目を憚《はばか》りますゆえ、これより台ヶ原へ参ります。いろいろご親切にしていただき、ありがとうございます」

「それじゃあ、行きなさるか。お前さんたちの都合もありましょうからな。わざとお留め申しません。どうかよろしくお願い申します」

「なに、親父さん心配しなさんな。今にいい知らせがくる。大船に乗ったつもりでいて下さいよ」

と老夫婦を慰め、お春にも暇乞《いとまご》いをして、お染と黒船忠治の両人は出発し、台ヶ原へやってきた。黒船忠治は八角駒四郎の家に入り、

「へえ、真平御免《まっぴらごめん》下せえ」

と声をかける。すると若い者が出できて、

「ええ、どなたさまで」

「お取り次ぎ、御苦労さまでござんす。わっちは信濃屋栄五郎親分より、手紙を貰って来やした。どうか八角親分にお取次を頼みます」

「へえ、さようでござんすか。しばらくお待ちを」

と若者は奥へ入り、やがて再び出てきて、

「どうか、こちらへお入り下さい」

「いや、早速かたじけない。もし姉御《あねご》、お入りなすって」

と表に待たせているお染を呼び、ともどもに家の中に入り、八角駒四郎の居間へ行く。するとお染は、そこで手を支《つか》え、

「これは八角親分様ですか。私は小町のお染と申します者、どうかお見知り下さいますよう」

「わっちは、黒船忠治です。以後お近付きを願います」

このとき八角駒四郎は、

「いや、御丁寧な挨拶痛み入りやす。申し遅れましたが、八角駒四郎です。どうかお心安く……」

と互いに挨拶も終わり、お染は手紙を取り出して、駒四郎に手渡す。駒四郎はこれを受け取り、始終《しじゅう》を読み終わり、

「フムなるほど、いや、よろしい。兄貴からのお頼み……、安心してもらいましょう。やい若い奴ら、お客人に御挨拶を申し上げろ」

と子分を呼び寄せて挨拶をさせ、また例のお作にも近付きのために挨拶をさせる。お染と忠治は、駒四郎の丁重な待遇に安堵した。それより酒宴となり、ご馳走になった。お作は酒宴の席へ出て来ても、しきりに高慢な顔をしてお染を尻目に掛け、嘲《あざけ》り笑っているように見える。忠治はグッと癪《しゃく》に障り、

「機会があったら、へこましてくれよう」

と、癇《かん》の虫《むし》をおさえて我慢している。お染は胸に一物あるから、

「もし親分、御返杯いたします。私のようなお多福の杯、おいやでしょうが受けて下さい。いえお作さんにお酌をして貰うんじゃございません。私が直々にお酌をさせていただきます」

と無理にお作の持っている銚子を取り、自分が酌をする。これを見たお作は、ヒリリと眉を逆立《さかだ》て、気色《きしょく》を変えて怒るが、初対面の客に対して、そう喰ってかかるわけにもいかず、しきりにツンケンとしている。お染は平気なもの、他の子分たちはお作を、

「姉御、姉御」

と奉《たてまつ》っているが、お染と忠治はけっして姉御なんて言わない。

「お作さん、お作さん」

と言うものだから、お作はますます癪に障ると見えて、駒四郎にまで当たっている。このとき酒宴の席へチョコチョコと入って来た、五歳ばかりの子供。ニコニコ笑いながら、

「お父さん、お客様なの」

と回らない舌で言うと、駒四郎のそばへ駆け寄ろうとする。これを眺めたお作は眼を角立《かどた》て、

「えい、またこの餓鬼《がき》がここへ来る、あちらへ行っておれ」

と口穢《くちぎたな》く罵《ののし》り叱りつけると、子供は縮みあがり、早くも目に涙を浮かべ、

「お母さん、あちらには誰もいない、暗くて、怖いもの……」

と悲しそうに言う。八角駒四郎は、

「やいお作、手前《てめえ》、子供を残して置いて、灯火《あかり》を灯《とも》さないということがあるか。駒

一ここへ来い。お客様に挨拶せい」

「はい」

と、子供は頭を下げ、

「お客様、ようお出で……」

と。これを聞いたお染は、胸詰って涙ぐみ、

「おお、可愛らしいお子ですこと。坊ちゃん、ここへおいで」

と自分の膝へ抱き、

「坊ちゃん、年は幾つ」

「五つ」

「名は何と」

「駒一」

「おお、そうですか、お父さんが好き、それともお母さんが好き？」

聞かれて子供ながらも駒一は、お作の顔を眺め、返答しかねている。すると忠治は

容赦なく、

「ねえ坊ちゃん、お母さんが好きでしょう。日頃可愛がってもらって、決して叩いたり、捻《つね》ったり、そんなことはせんでしょう」

と意味あり気《げ》に笑いながら、お作の顔を睨み付けている。お作はさきほどより癪《しゃく》に障《さわ》ってたまらないところへ、この場の有様なので、ますます気色を悪くして、すっとその場を立って、どこかへ行ってしまった。お染と忠治は互いに顔を見合せ、

「これ忠治、もう夜もだいぶ更《ふ》けたので、お先に御免仕《つかまつ》って、休ませてもらいましょう」

「へい、そういたしましょう」

と、八角駒四郎に挨拶をして定められた一室に入って、両人は打ち臥し寝た。お作は両人が寝るのを待って、駒四郎のそばへ出てきて、

「もし親分、あの二人は何です、何の用で来ましたの」

「ウム、別におれに用はねえが、栄五郎の義兄《あにき》より、つけ手紙で来たお客様だ。丁寧に取扱わないといけねえぞ」

「はあ、そうですか。別に用がないといえば、まあ、居候《いそうろう》ですか」

「なに、居候なんて失礼なことを言っちゃいけねえ。やはり家内同様だ」

「へえ、私しゃ、いやですよ。お前さんは親分親分と立てられて、気持ちが良かろうが、私には姉御とも何とも言わず、お作お作とぬかして、糞《くそ》面白くもない。それに知ってか知らずか、駒一をつかまえて、私に当てこすって……。私はあのような者の待遇は、よういたしません。お前さんがしなさいよ」

これを聞いて、八角駒四郎は怒り出し、

「やいお作、手前《てめえ》は道楽者の女房に似合《にあ》わん、了箇の狭い奴だ。そのようなことをぬかすと、おれの顔にかかわるわい。その面を見ろい、仏頂面《ぶっちょうづら》をしやがって、明日からちっとでも不待遇をしやがると、承知しねえぞ」

「はいはい、お前さんの好きなお染さんとかのお給仕もいたします。どうせ私もお春を追い出した罰が当たって、お染さんに追い出されましょうよ。さあ、お楽しみでございましょう」

と、自分の悪いことは棚に上げて、嫌味《いやみ》タラタラ悋気《りんき》を始め出した。駒四郎はまたかと言わぬばかりに、

「ええい、喧《やかま》しいわい、黙って床を敷きやがれ」

とこれも怒鳴りながら、酔ったまぎれに横になるが早いか、前後も知らず、白河夜船《しらかわよぶね》の高鼾《たかいびき》。

さてその夜も明けて、翌日よりお染と忠治は、日々何をすることもなく、八角駒四郎の厄介になっていたが、ある日のこと、八角駒四郎が用事があって三日泊りで、二人の子分を連れて韮崎へ出掛けた。

あとにはお染と忠治が、駒一を相手に遊び戯れていた。駒一はお染と忠治が来てか

ら、お染を自分の母親のように、付き纏っていた。お作はそれが気に入らず、何に付けて駒一を酷《ひど》い目に遭わせ、そばで見ているのも誠に憐れであった。すでに昼飯時刻になっても、

「飯を喰え」

と誰も言ってこない。台所からお作の笑い声が聞こえ、どうやら飯を喰っている様子である。しかし、飯も持ってこなければ喰えとも言わない。お染と忠治はもうすぐ呼びに来るか、飯の膳を運んで来るかと、しばらく待っているが何の沙汰もない。気の短い忠治は怒り出し、

「どうです姉御、お作の奴は癪に障るじゃあありませんか。自分たちは先に喰いやがって、お客様のわっちらを放って置くとは。一つ催促してやりましょうか」

「まあお待ちよ。一食くらい喰わないからとて、別に餓えもすまい。放っておくがいい」

「へえ、しかし喰わないのは差し支えございませんが、あんまり小癪に障るじゃありませんか」

と両人は互いに苦笑して、平気を装っている。しかしその日もかれこれ午後二時になるのに、まだ昼飯が出ない。忠治はいよいよたまらなくなり、お染の留めるのも聞かず、台所へ出ていき、長火鉢の前で、スパスパ煙草を喫《の》んでいるお作に向かい、

「おいお作さん、昼飯はまだかい」

と。するとお作は平気な顔して、

「おや、これお梅、お前はお客さんに御飯を出さないのか」

「へえへえ、それでも先刻、私が言いましたら……」

と言うのを中途で遮《さえぎ》って、

「なに、お前は何も私に言いやしないよ、私は何も聞かないよ。大事な大事なお客様に御飯を据《こしら》えないということがあるかい。いくら忙しいからって、ちと気を付けな

よ」

と声を振り立てて、女中のお梅を叱り付けている。黒船忠治はこれを聞いて嘲笑《あざわら》い、

「ははは、ごもっとも、かりにもこの家の台所を取り締まっている、お作さんにそれが判らんとは妙ですなあ。へへへ、わっちらは気の小さい寄食《きしょく》（居候）ですから、差し支えもございませんが、駒一坊まで乾し上がるとは酷《ひど》いじゃあありませんか。お前さんこそ、ちと気を付けたほうがいい」

と。これを聞いて、お作は身震いして怒り出し、

「な、な、何んですって。駒一を乾し上げるとは人聞きの悪い。幾ら私が継母《ままはは》でも、そのようなことを言ってもらっては、困りますね。駒一のことまでは、お前さんらのお世話にはなりません。はい、憚《はばか》りさま」

とうそぶいている。忠治も負けぬ気で、

「なんだ、八角親分の女房になった気をしやがって、つんけんとふざけたことをぬ

かしやがるな。手前《てめえ》はこの家の下女《げじょ》じゃねえか」

「なに、下女とは誰に言うんです、失礼な……」

「ははは、下女たぁお前《めえ》だよ。またお前の根性は下女ぐらいが当たり前《めえ》だよ。お前《めえ》は八角親分の女房気取りでいるか知らねえが、八角親分にはお春さんといって、立派な御内儀《ごないぎ》があるじゃあねえか。お春さんとお前と比べたら、雪と墨、天と地、お月さんと竈《かまど》、提灯と釣鐘ほども違ってらあ。とうてい足許へも寄り付けねえや。親分の女房とか姉御《あねご》とか言ってもらいたければ、道楽者の女房らしくするのがいい。道楽者の女房が人に飯を喰わすのが惜しいようじゃあ、親分の面汚《つらよご》しだ。これでも言い分があるか。愚図愚図《ぐずぐず》ぬかしやがると、横っ腹を蹴破《けやぶ》って、風穴を開けるがどうだ」

と非常な権幕で詰め寄るものだから、お作は歯噛《はが》みをして口惜しがった。が、どうも男に女で仕方がない。さらに元をただせば食事を手配しない自分の落度であるから、グーの音《ね》も出なくなって俯《うつむ》いてしまった。忠治は嘲笑《あざわら》いながら、駒一を呼んで来て、

台所へ座り込み、勝手に飯櫃《めしびつ》を取り出して、自分も喰い、駒一にも喰わせ、

「なあ駒坊、近いうちに本当のお母《つか》さんに逢わしてやるからな。心配せずにたくさん食いねえ。なに遠慮はいるものか。ここにいる女どもは、皆一季半季《いっきはんき》の奉公人だ。お前が主人だ、若様だよ。勝手に食いねえ……。なんだ母さんが叱る、お前のお母《つか》さんはここにいねえや……。なにあれがお母《つか》さんだ、あれはお母《つか》さんじゃねえ、お作と言って飯焚きに雇っているんだ。容赦《ようしゃ》することはない。お作、お作と言って呼び捨てにしてやれ」

とあたり構わず怒鳴り付けている。ようやく飯も済み、駒一を連れて居間へ戻って来ると、お染は、

「これ忠治、お前も無茶だよ。そのように大きな声で、面《つら》の皮を剝《は》がなくても、黙っていればいい。お作さんも弱ったろうね」

「ええ、わっちぁ溜飲《りゅういん》が下がりやした。今度滅多なことをしやがったら、それこそ

捻《ひね》り潰《つぶ》してやりましょう」

と忠治はさも愉快気に打ち笑っている。一両日のちに、八角駒四郎が用をが済ませて帰って来た。さあその晩からというものは、寝床へ入ったと思う時刻になると、必ず八角親分の居間で夫婦喧嘩が始まる。ときどき「忠治」とか「お染」とか言う声が聞こえる。お染と忠治はこれを聞いて、密《ひそ》かに苦笑していた。

そんなある日のこと、また八角駒四郎が韮崎まで二、三日泊りの予定で出て行った。しかし今度は翌日に、大兵肥満の浪人を連れて戻ってきた。浪人は来た翌日より、朝から晩まで酒を呑み御馳走を食って、なおその上に、ときどき八角親分に対して、喧《やかま》しく催促がましいことを言う。八角親分はぐうの根も出ず、三拝九拝してしきりに謝り込んでいる。

お染と忠治はどうもヘンだと考えて、ある日お染は、

「これ忠治、どうもあの浪人が来てから、八角親分は日々塞《ふさ》ぎ込んでいるようだが、

お前、どうお思う」

「へえ、妙だなと思っているところです。ときどき浪人が小言を言っているようですぜ」

「そのようだね、何か心配事があるに違いない。私らも八角一家に厄介になっている身だ。親分に心配事があれば他人事とは思えない。私らに話がないもんだから、知らん顔をしているし、浪人に顔を合わさないようにしてくれと親分が頼むものだから、さっぱり訳が判らない。ここは一応親分に尋ねてはどうだい」

「へい、一つ、わっちが尋ねてみましょう」

八角親分が奥庭をプラプラ散歩しているとき、忠治はそのかたわらへやって来て尋ねた。親分は初めは隠していたが、あまりに忠治が熱心に尋ねるものだから、ついに隠しきれずその理由《わけ》を語った。

「ここ韮崎に甲州一の大親分がいる。名を轟《とどろき》大九郎と言って、子分を千人ばかりを養い、抱え浪人が三人いる。ところでこの大九郎親分宅で、先頃より大博打《おおばくち》が始まり、甲州の顔役という顔役、親分という親分は、皆この晴れの博打に馳《は》せ加わらない者はないくらい、すばらしい勢いなんだ。この八角駒四郎も招きに応じて、泊り掛けで勝負をやったが、そのときは六百両ばかり勝って、誠に都合が良かった。しかしこの前行ったときは、ただ一日の間に負けてしまった。持っていた四百両を取られ、その上三百両の借金をした。もちろんこの三百両の金は胴元の轟大九郎親分より借りたので、返さねばならない金だ。それで大九郎親分は抱え浪人の中で第一の剛力者、鬼影甚八という浪人を連れ立たせ、催促に来ているのだ。しかし目下は、手元がはなはだ不如意《ふにょい》で、三百両はおろか百両も都合がつかないで、大変困っている。もしもあと三日のうちに返済しないときには、顔役仲間より破門されて、世間へ面出しが出来なくなる。折角今まで売り出してきた顔が潰《つぶ》れてしまって、腹を切って死ぬより、なお情けないのだ」

と涙とともに物語った。この一部始終を聞いた忠治は、ただちにお染に話す。お染はしばらく考えていたが、はたと膝を叩き、

「おっと忠治、良いことを考えた。この機会を生かして、先妻のお春さんを元の鞘に納め、また借金も返す策が浮かんだ」

「へえ、それは？」

「ほかじゃあないが、私は女なんで、生意気なことを言っては、どうも八角親分に気の毒だから、お前が親分に逢って、お作さんを離縁してお春さんを元へ戻せば、三百両が五百両でも、わっちがご用立てるがどうです、と言うのだよ」

「へえ、しかしわっちは三百両も五百両も、近頃は一両の金も無いですぜ」

「馬鹿だね。その秘策は私のこの胸ん中にあるから、大丈夫だよ」

「へえ、するとまたコレですかい」

「えっ、コレとはなんだい？」

「また、昔取った杵柄《きねづか》の泥棒をやるのですかい」

「これ忠治、お前も馬鹿をお言いでないよ。いったん夫の円之助殿とも、堅く誓って改心したのに、今更そんな泥棒なぞ出来るかね」

「へえ、でも他に急場の金策の道がありますかい」

「あるんだよ。細工は流々《りゅうりゅう》、私に任せておきよ。さあ急いで親分に掛け合っておいで。その返答によって、自慢じゃないが、うまく計略を巡らして、四方八方丸く収まる方法を始めるんだよ」

とお染は言い放った。

四　轟一家の賭場で荒稼ぎ

八角親分宅の奥の一室で、親分と黒船忠治の両人が、互いに声をひそめて何か囁いていたが、やがて忠治の声がして、

「それで親分、わっちのような役に立たない野郎ですが、もしも親分さんが今言ったように、操《みさお》正しいお春さんを元の鞘に入れてくださるならば、充分親分さんの顔の立つようにしたいという、これがわっちの考えです。どんなもんでしょう」

と。すると八角親分も、深く恥じたと見え、

「いや、他人のお前《めえ》さんにまで心配をかけて、誠にすまねえ次第だ。わっちも一時

は女狂いをして、貞女のお春に苦しい思いをさせたが、もう前《めえ》から夢は覚めている。何か機会があったらと、それを待っていたようなもので、お前さんの言葉がなくても、お作は叩き出して、元の通りお春を連れて帰りやしょう」

「それを聞いて一安心。わっちもお春さんに頼まれたんでも、なんでもありませんが、図《はか》らずも親分の親父《おやじ》さんの家で休み、親父さんから、いろいろ話を聞いて涙をこぼしました。それじゃ、御心配に及びません、三日の間に確実に三百両の金を揃《そろ》えてお手渡しいたしやすから、御安心を」

「どうも、とんだ御面倒を聞かせてすまねえ」

と八角駒四郎も忠治の義侠なる言葉に、深く喜んでいる。黒船忠治はすぐに八角親分との密談をお染に話す。するとお染は、

「じゃあ、お前、御苦労だが、八角親分の親父《おやじ》さんの所へ行って来ておくれ」

「へえ、承知いたしやした」

「すぐに手紙を書くから、それを持って行って、急いで返事を貰って来るんだよ」

とお染はさらさらと一筆を書き、忠治に渡す。忠治は密かに裏口から出て、町外れまで来ると、尻を引きあげ一目散に小淵村目差して駆け出した。

やがて日の暮れ前に戻って来た黒船忠治は、裏口よりズッと入り、お染の居間へやって来て、

「姉御、今帰りやした」

「おお忠治、大変早かったね。して返事は？」

「ええ、この手紙を預かって参りやした」

と一封をお染に渡す。お染が封を開ければ、中より出たお金が百両。別に手紙があるので、お染はつらつらと読み終わり、それを懐《ふところ》へ入れ、百両の金を前に置き、

「これ忠治、私はこれより韮崎へ行ってくる。誰にも言わないでおくれ」

「へえ、姉御、韮崎へ何しに行くんです」

「ははは、お前も頓馬《とんま》だね。轟大九郎親分の賭場へ勝負に行くんだよ」

「そいつは面白い、わっちもどうか、連れて行っておくんなせい」

「さあ、お前を連れて行くと、お前は短気だから、間違いが出来ては困るんだよ。留守番をしていてはどうだえ」

「いや、ぜひとも願います。決して間違いはやりません。博打にかけちゃ、姉御なぞより、わっちの方が上ですぜ」

「ああ、それは知っているが、今夜行くのはどんなことがあっても、負けてはならない勝負。絶対に勝たねばならない博打だから」

「わかってます。大丈夫、確かに勝ってみせます」

「じゃあ、お前は私の従者として連れて行こう」

と相談がまとまると、夕飯を済ませ、両人は、

「今夜は気分が悪いから、早く寝よう」

と言って、居間へ戻り襖を締め切り、寝るように見せかけておいて、密かに裏口へ忍び出た。表へ飛び出るや、足を早めて韮崎へ急ぐ。

やがて韮崎へ着き、轟大九郎親分宅へ行き、案内を頼み、その旨を話し、裏の賭場へやって来る。さすがに広大なものだ。甲州一の大親分轟大九郎の賭場だけあって、甲州一円の少し名のある親分はたいてい集まっている。向こうを見れば轟大九郎が胴元となって、テラ箱を前に置いてドッカと控えている。その左右には抱え浪人が、何か間違いが起こったらすぐに取り押える、とばかり肩を怒《いか》らして構えている。

お染は周囲をずっと見廻しておいて、轟大九郎の傍《かたわら》に進み、ていねいに頭を下げ、

「へい、親分、私は旅の者で、村越お種と言う莫連者《ばくれんもの》です。どうかお近づきをお願い申します」

とあいさつした。すると轟大九郎はジロリとお染を眺め、

「おお、姉御《あねご》、ようお出でやした。わっちの賭場は、鎌倉街道のなかでも誰彼の差

別なく通すのが評判の賭場。女であろうが、坊主であろうが、金さえあれば差支えねえ。さあ何処かへ割り込みねえ」

「へえ、大きにありがとうござんす。じゃあ御免下せい。さあ忠治やお前ここへ来て、少々張ってみな」

「へえ、それじゃ、何ぼ張りやしょう」

「あいよ、何ぼでもよい。お前が本物の賭場を見たいと言うから連れて来たのだよ。勝手に都合のよいようにおしよ」

と目顔で忠治に知らせる。忠治は頷《うなず》き、

「それじゃ、ここへ座らせてもらいやしょう」

と遠慮もなく客を左右に押し分けて、その間へ座り込み、じっと場を見ているが、なかなか良い賽《さい》の目《め》が出ない。すると傍《かたわら》から、

「よお、お客人、ただ見ていたんじゃあ、お金は増えねえよ。ちと張りねえ」

「へえ、しかし親分方、賽の目の気にいらねえときは、張れませんやね。黙って見ていておくんなせえ」

と、なおも見ているうちに、

「丁…、丁…の丁…、切りやすよ」

と。このとき黒船忠治は突然百両を摑み出し、

「よお、丁だ、百両張った」

「おい、お客人、これは目が悪いから、よしなせえ」

「いや、わっちぁ悪い目が好きなんですよ。この賽の目で取られりゃ、わっちに運が無いんです」

するとと中盆が、

「おい、お客人、それでいいのかい」

「おお、いいとも」

「はい、駒……、はい駒」

間もなくバラバラバラと、半方《はんかた》へ百両のお金が集まり、

「はい、出たよ。勝負っ」

と開ける。見ると、賽の目はピン揃いで丁だ。

「やあ、お客人、うまくやったな」

「畜生、うまくやりやあがったな」

「へえ、たまたま運があっただけでしょう……。おいおい、中盆、お金を集めちゃあいけないよ。次も丁だ」

「生意気な真似をしやがる」

と、勝った金を置いたままにする忠治の度胸に、みんな驚いている。またも中盆が、

「あい、駒……丁方《ちょうかた》は止った。半方《はんかた》、駒だ」

すると、バラバラと半方《はんかた》へお金が掛かる。

「はい、打ち合せ四百両。へい、勝負」

と開けたら、賽の目は四六《しろく》の丁と出た。

「おい、お客人、素晴しい目だな」

「へえ、こんなものは、まぐれでもらったようなもの。次に四百両も丁だ。ソロの
ソロまでは、丁だ」

「はい、駒……」

またも半方へ、バラバラと金が掛かる。

「打ち合せ八百両……。へい、勝負っ」

と開けた賽の目が、五《ご》の揃《そろ》い。

「やあ、客人、大したもんだなあ。見抜き見通したあ、このことだろう」

と皆、呆れかえっている。するとまたも、忠治は八百両の勝ちに目もくれず、

「この八百両も、丁だ」

忠治が勝ち続けるのを見ていた親分衆も意地になって、一度は忠治を負かせてやりたいと、言わず語らず、互いに示し合わせて、半方《はんかた》へバラバラと八百両張る。

「へい、打ち合せ千六百両。はい、勝負……」

開けると、どうして、賽の目は四二《しに》の丁だ。

「お客人、豪気なことをしたもんだな」

と自分たちが負けたのを棚に上げ、忠治の一人勝ちを羨《うらや》んでいる。このとき忠治は千六百両を手元へ引き寄せ、その中から、

「へい、こりゃ、テラで」

と、百両の金をそこへ置いた。残りの千五百両の金を風呂敷に包んで、しっかりこれを括《くく》り、小脇に抱え込んで、

「へえ、皆さん、お邪魔いたしやした。お蔭さまで少々金が出来やした。今日はこれでお暇をいただきやしょう、また明日、伺います」

とずいと立ち上がろうとする。すると、あまりに見事な勝ち方に、小憎らしく思っていたと見え、口を揃えて、

「やいやい、お客人風《きゃくにんふう》に化けやがって、博打《ばくち》打ちの交際は、そんなもんじゃねえぞ。勝ち逃げとはなんだ」

と。これを聞いた忠治は、驚くかと思いのほか、

「なんだと、勝ち退《の》きが出来ねえとありゃあ、どうしたらよいのだ。いつ止めようとおれの勝手じゃねえか。勝って止めることが出来なけりゃあ、博打なぞ打つ者がいるかい。こう見えても桧舞台を踏んで来ているんだ。田舎の三文博打《ばくち》打ちとは段が違うわい。この間抜野郎めが、さあ姉御、帰りやしょう」

と傍《かたわ》らにいて、にこにこ笑いながら眺めているお染を促がし、立ち帰ろうとする。このとき、彼方からこの様子を眺めていた大親分轟大九郎は、

「それっ」

と左右に控えている浪人に目配せした。

「待ち兼ねた」

と言わんばかりに、仁王立ちに立ち上がった二人の浪人、一刀を鷲《わし》掴《づか》みに、つつと忠治の傍《かたわら》に進み寄ろうとする。これを眺めた小町のお染は、

「あいや御浪人、何をなさる」

と両人をさえぎり止める。二人の浪人はかっと眼をむき、

「やい、女の分際で邪魔立てすると、酷《ひど》い目に遭わすぞっ。そこ退《の》きやがれ」

と理不尽にもお染の胸倉を突き飛ばそうとする。その腕を引っ掴んだ小町のお染は、顔に紅の色をなし柳眉《りゅうび》を逆立《さかだ》て、怒りの気性を現し、

「やあ、女と侮《あなど》ると、容赦はしない。こうしてくれる」

と掴んだ腕を、えいと手許へ引ったくり、片膝屈めて身を沈め、肩にかつぐは起倒《きとう》流《りゅう》、やあっと一声もろともに、ズッテンドウと投げつけた。

「おのれっ、小癪《こしゃく》な」

ともう一人が飛び掛かって来る奴を、ヒラリと体をかわすとともに、手許へ飛び込み、わき腹をめがけて、えいと当身《あてみ》を食わす。浪人はあっと一声気絶する。これを眺めて轟大九郎は大いに怒り、

「それ、皆の者、賭場《とば》荒らしだ。やっつけてしまえ」

と大声で叫びながら立ち上がろうとする。このとき飛鳥のごとく飛び込んだ小町のお染は、轟大九郎の横面を骨も砕けと張り飛ばしておいて、突然胸倉を引っ摑み、えいとばかりに、その所へ叩き倒した。大九郎が起き上がろうするのを、取って押えて動かさず、

「さあ、皆さん、不服があれば、どこからでもお出でなさい。決して逃げて帰るような卑怯なことはいたしません。これ忠治、お前はここへ来て、この親分を押えておいで。私は皆さんを相手にして、今一働きするつもりだよ」

「へい、合点で」

と、忠治は飛び込んで来て、

「これは、甲州一の大親分御免なせい」

と背中へ馬乗りに跨《また》がり、

「さあ、姉御《あねご》、おやんなさい。遠慮はいらねえ」

「あいよ。さあ皆さん、一人ずつでも束になってでも、相手になりますよ」

と柔術の形で身構えをして、待ち受ける。多くの俠客親分ありといえども、皆々お染の手の内に恐れをなし、我れ先に飛び出そうという者もなく、ただ呆気に取られているばかり。このときお染は一同に向かい、

「皆さん、私ら、もう引き上げても、言い分はございませんね」

「へい、決して言い分はございやせん。どうぞお帰りを……」

「そうおっしゃっていただければ、万事解決。コレ忠治、轟親分を起こしてお上げ。

そしてボツボツ帰りやしょう」

と怯《お》めず臆《おく》せず、忠治を引き連れ、悠々と立ち去った。実に大胆不敵な所業。あとには轟大九郎始め多くの親分や浪人たちがお染に荒肝《あらぎも》を奪われ、互いに溜息《ためいき》をついて、顔を見合わせているばかり。皆生きた心地もない。

一方、小町のお染と黒船忠治の両人は、道々互いに笑いながら、八角親分宅の裏門へ帰り着いた。密かに門を開き、内に入り、自分の居間に立ち帰り、万事は明朝にしようと寝床に入り、先刻までの騒動を忘れたかのように、早やスヤスヤと眠る。

さてその翌日、お染と忠治はいつもより遅く起きて、朝飯を済ませるとお染は、

「これ忠治、八角親分の居間へ行って、この三百両の金を渡して、早く浪人者を帰すように言うがよい」

「へい、合点で」

と、忠治は三百両を懐《ふところ》に入れ、八角親分の居間へ来て、

「親分、昨日のお約束通り、三百両をお渡しいたしやす。早く浪人を帰されたら、よろしいでしょう」

するとさすがに日頃は物に動じない八角駒四郎も、あまりの嬉しさに目に涙を浮かべ、

「いや、どうも済まねえ。この急場を救っていただくとは」

と三百両を受け取り、すぐさま浪人の所へ行き、これを渡して浪人を帰す。そこでお染は、忠治に申し付けて、百両の金に利息を付け、小淵村の八角駒四郎の親父《おやじ》さん宅へ返しにやる。しばらくして、お染は八角親分の居間へ出掛けて行き、

「親分、昨日忠治が話したお春さんのことですが、善は急げです。どうか早く呼び戻して下さい」

「いや、どうも自分の不身持により、他人にまで心配をかけて済まない。さっそくお作を離縁して、お春を戻すことにいたしやしょう。実に面目次第もないことで

……」

「お作さんには気の毒だが、そのほうが末《すえ》がよろしいでしょう。つきましてはここに千両あります。この内の二百両は、お作さんへ手切れ金にやって下さい。また八百両はお春さんが戻って来る祝いに進上しますので、どうぞ納めて下さい」

と言われて、八角駒四郎は大いに驚き、

「なに、大金千両を……いやそれはお断りしやしょう。今朝三百両借りて、今また千両なんて、なかなかちょっと返済の見込みもないのに、そればかりは平にお断りいたしやしょう」

「その御心配はごもっともですが、このお金はお返し下さらんでもよい金です」

「というのは、何故です」

「ご不審はごもっともですが、実は昨夜かくかくしかじかの次第で、轟親分の賭場で儲けたお金だから、私の方には有っても無くてもよろしいので……。つまり、今までのお礼に差し上げます。よって御遠慮には及びません」

「へえ、それはどうも、剛気《ごうき》なことをやりなさった。して轟親分は何と？」

「はい、格別、何も言わないですが」

「フム、それは困ったことになってきた。轟親分は今甲州では名代《なだい》の大親分。目下は無理でもなんでも押し通そうという、勢いだ。轟一家の賭場でそんなに手酷《てひど》い目にあったなら、きっと何か言って来ても不思議はねえ。しかし、まあ、出来たことは仕方がねえ。臨機応変で、どうにでもいたしやすから、心配には及びません。それでは折角のお志、しばらくこの金は預かって置きやしょう」

とお金を納めて置いて、お作を呼び付け、

「都合によって離縁をいたす」

と言い渡した。するとお作は泣いたり喚《わめ》いたりして、なかなか聞き入れなかったが、とうとう二百両の手切れ金をやって、スッパリと縁を断ってしまった。

翌日、親の所よりお春を呼び戻し、その夜は親類そのほか知合いや隣家を招いて、祝いの大酒宴を催し、ようやく八角駒四郎の家庭は円満に納まった。親分とお春の喜びは一方ならず、これもひとえにお染と忠治のお蔭と、たいそう丁重に両人を取り扱い、朝夕心の裡《うち》で伏し拝んでいた。

お染と忠治は一つの仕事を成しとげたので、もはや当所に永居も無用。これより甲州矢村へ乗り込もうと、心を決めた。明朝は早く出発しようと、その夜は八角親分にお春、そのほか子分の誰彼とともに決別の杯を酌み交わして、いずれも楽しく笑い興じていた。するとそこに、轟大九郎から一通の書面が届いた。お染は何事と、手に取って見れば、左封じで、

「八角駒四郎内、お種殿忠治殿」

と認めてある。

「ははあ、果し状だ」

と、駒四郎は覗き込み、

「してお種殿とは誰で」

「いや、この間私が轟大九郎親分の賭場へ行ったときに、本名を言わずに、お種と言ったゆえお種と書いてあるのですよ」

と、言いつつ封を開き、読み下せば案に違《たが》わず、

「来る十三日、夜の十時に月夜を幸い、韮崎熊野鎮守の森の広場で、生命の取り遣りをいたそう、確かに返答をくれ」

と認めてある。お染はにっこり笑い、

「これ忠治、この間の仕返しがしたいと、果し状が来たよ」

「えっ、果し状ですかい。そいつは面白い。たとえ何百何十人来ようとも、この忠治のいる間は、姉御、大船に乗ったつもりで」

「ははは、また影弁慶が始まった。とにかく返事を出そう」

と、承知の旨を返答して使いに渡した。

五　轟一家との大喧嘩

時は明和八年（一七七一）十月十三日、夜もかれこれ十時をすぎ、所は甲州韮崎の熊野権現鎮守の森の広場。人数約七、八十名、いずれも向こう鉢巻に襷《たすき》を掛けて、凛々《りり》しいいでたち。手にはそれぞれ棍棒、竹槍、薙刀《なぎなた》などを引っ提げながら、あちらに十人、こちらに二十人と、めいめい威勢を示しつつ、殺気立っている。

これは甲州名代《なだい》の大親分、轟大九郎が今夜この場所において、小町のお染、黒船忠治の両人を待ち受け果し合いをするものという。権現堂の縁側には轟大九郎を始め三人の抱《かか》え浪人が、お染と忠治の両人の来るのを今や遅しと待っている。そのとき悠然としてやって来たのは、先に立つ小町のお染と、後に続く黒船忠治。いずれも身軽ないでたちで、怯《お》めず臆《おく》せず権現堂の縁側に近寄り、

「やあ皆さん、遅くなりました。約束によりただ今より生命のやり取り、勝つも負けるも時の運。さあ尋常に勝負いたしましょう」

という声のまだ終わらないうちより、黒船忠治が大音声で、

「やい、甲州名代の大顔役とか、轟大九郎とかぬかしやがっても、たった二人の我々を、かくも多人数で待ち受けるとは、卑怯千万にも意気地のねえ野郎だ。さあどいつこいつも容赦はねえ、一束になって来やがれ」

と最初より相手を呑んだその勢い、凛々《りり》しくもまた当たり難《がた》くも見える。このとき権現堂の縁の上に突っ立ち上がった轟大九郎は、怒りの声も鋭く、

「この二人を殺してしまえ」

と号令を掛ける。命知らずの気の早い連中が、

「合点承知」

と、手に手に得物を打ち振りながら、両人めがけて打ち込んで来る。このときお染は短刀逆手《さかて》に抜き持ち、面《おもて》も振らず多勢の中へ跳り込み、右に当たり左にかわし、千変万化の飛鳥《ひちょう》の早業《はやわざ》、また一方の黒船忠治は、大刀を振りかぶり、エイオォの掛声勇ましく、多勢を引き受け、ここを先途《せんど》と必死の働き。さすが多数の轟身内も、両人のために捲《まく》り立てられ、敵にし難《がた》いと見える。これを眺めた轟大九郎は、

「やい、皆んな。たった二人に薙《な》ぎ立てられるとは何事だ。それ先生、お頼み申しやす」

「おお、合点だ」

と、三人の浪人は突っ立ち上がり、一斉に黒船忠治に斬ってかかる。忠治もそれまでは勢いよく働いていたが、相手変わって主変わらず、幾らなんでも入れ代わり立ち代わり、新手《あらて》に斬り込まれてはたまらない。少々閉口しているところへ、今度は剣術使

いが三人まで立ち向かったから、どんなに負けん気の忠治でも、今は油のような汗を流し、ただウンウンと唸りながら、じりじりじりと後下《あとずさ》りして、すでに危《あやう》く見える。

一方、多勢を相手に、追いつ捲《まく》りつ働いていた小町のお染は、それまで忠治が掛声勇ましくやっていたのが、掛声も聞えなくなったので、どうしているかと、戦いながらひょいと彼方を見ると、忠治は三人の浪人に斬り捲られ、いとも危《あやう》い様子を見て取った。小町のお染はここは捨て置き難《がた》いと、多勢を引き離すと同時に、飛鳥のごとく飛び込み来たり、

「忠治、しっかりおしよ」

と叫ぶ声もろともに、一人の浪人の横腹へ短刀をグサッと突き込み、返す短刀を今一人の肩先へ突き込んだ。これに勢いを得て、黒船忠治は勇気を励まし、跳り込みざまに残りの浪人を物の見事に斬って落とす。とうとう三人の浪人を斬り倒した。このありさまにさすがの轟大九郎も大いに慌て、

「やい、相手は二人だ。引き包んで殺してしまえ」

と自ら大刀を引き抜き、大勢を指揮して、

「かかれ、かかれ」

と励ましている。多勢の奴らは親分の指図に、またも勇気を取り直し、二人を追っ取り巻き、前後左右より打ってかかる。両人またもしばらくは必死の働きをしていたが、鬼神の勇ありといえども、先程からの激戦に、今は大分疲れて、腕は鈍り体は弱り、さすがに剛胆極まる小町のお染も、向こう見ずの黒船忠治も、今は青色《あおいき》吐息《といき》となって、二人の身は風前の灯火よりもなお危く、すでに万事休すの場面が迫って来た。

この有様を見て取った轟大九郎は、

「それかかれ、今だ、今一息だ」

と喚《わめ》き叫んで斬り込んで来た。このままでは小町のお染と黒船忠治は、あえなくここで命を落とすのが必定。そのときはるか彼方より、わあわあと叫びながらまっしぐらにこちらへ向かって駆けて来る人数約七、八十人。いずれも向鉢巻に木綿の白襷《しろだすき》を掛け、手にはそれぞれ印の入った弓張提灯を携え、鎮守の森へ乗り込んで来た。間近くなって、先頭に立つ男が大音声を張り上げ、

「やあ、双方ともに待った、待った。この喧嘩は八角駒四郎が預かった、引いた、退《の》いた」

と叫びながら、そこへ乗り込んで来た。

とうとう双方は引き分けて、この果し合いは八角駒四郎が預かるということになった。双方の承諾を得て、いったんこの場を引き上げるという相談になり、幸いに死人は三人の浪人ばかりで、そのほかの者は皆かすり傷くらいで、別に大した怪我人もなかった。轟大九郎は子分に言い付け、三人の死骸を引き取らせ、その場は引き上げた。八角駒四郎は両方の顔の立つように、種々奔走尽力した結果、別に意趣遺恨があるのではなく、ただ博打場の行きがかり上、このようなことになったので、大九郎も

一歩譲り、ついにめでたくことは落着した。そこで双方が集まり、仲直りの大酒宴を催し、以後互いに交際をするということに相成った。

さあ、それからというものは、小町のお染と黒船忠治の名は、甲州一円に広まり、それと同時に八角駒四郎の名も高まった。たくさんの人が姉御とか親分とか言って、しきりと訪ねて来るので、お染と忠治はかえって大迷惑して、ある日お染は忠治に向かい、

「これ忠治、こう毎日毎日、うるさいほど人が訪ねて来ては、我々は日陰者なので、困る事が起きるかも知れぬ。よって早くここを出発し、矢村へ行ってはどうだい」

「姉御、それがいい」

と両人は相談して、このことを八角駒四郎および女房お春に話し、ついに台ヶ原を出発することにした。そこで両人は轟大九郎そのほか、このたび近付きになった親分方に挨拶に廻り、八角駒四郎とお春には特に礼を述べ、たくさんの人に見送られながら

台ヶ原を出発した。

女俠客小町のお染と黒船忠治の両人は、これより一直線に矢村を目差して乗り込もうと、道を急ぎ、泊りを重ね、日を重ねて、途中何の変わることもなく甲州の矢村に到着した。良人円之助の父親の大友九郎兵衛宅を尋ねたところ、どこへ行ったか行方不明。また近所で良夫《おっと》円之助と連れの文屋安五郎のことを、それとなく尋ねたところ、両人は大友九郎兵衛とともに、どこかへ出発したとまで判ったが、その他のことはさっぱり判らない。

お染と忠治も今は手段もなく、ならばこれより詮議の厳しい土地ではあるが、ひとまず危険を犯して江戸表へ乗り込み、良人円之助を訪ねたいものと、両人はここに相談して、またも甲州矢村を立って江戸をめざした。本街道を避けてなるべく間道を通り、日数をかけて歩いた。相州小仏峠の麓、武蔵と相模の分れ道、右には村の鎮守の社があり、左には雑木林が繁った場所に差し掛かったころには、ちょうど日も暮れか

かっていた。小町のお染は足を留めて忠治に向かい、

「これ忠治、大分足も疲れたようだが、どこか百姓家へでも泊めてもらわねば、今夜は夜通し歩くか、野宿でもせねばならぬことになるよ」

「へえ、しかし姉御、この辺には百姓家も見えねえ。なんならこの社の中へ入って、一夜を明かしやしょうか」

「そう、泊る所がなければ、それも仕方がない。それにしても早や三日というもの、ろくろく落ち付いて寝たことがない。どこか泊る所はあるまいか」

と四方を見廻しているときに、後方よりパラパラと、駆けつけて来る一人の婦人、年はかれこれ三十五、六であろうか。服装は田舎なので粗末だが、どこともなく品格のよい婦人である。何を思ったかその婦人は、突然忠治の袂に縋《すが》り、

「もし、どうぞお助けあそばして……」

と。忠治は、

「ああびっくりした、不意に袂に縋《すが》って、姉さんどうしたのだ」

「はい、私はこの近辺の者でございますが、今悪者につけられまして……、あれあそこに来ました、どうぞお助けを……」

と大変恐れ震えている様子に、お染と忠治は、婦人の指差す方を見ると、いが栗頭の人相の悪い奴が、息せき切って追っ駆けてきて、婦人を睨《にら》み付け、

「やい、こん畜生、手前《てめえ》は太い奴だ。おれが半年ばかりも旅に行っている間に、ほかへ嫁入りしやがって、勝手に亭主を持つとはどういうことだ。さあ、亭主に伺いなしに、他へ縁付くということがあるか」

「いえ違う、お前の言うことは嘘じゃ。もし旦那様も皆さんも聞いて下さいませ。私が上野原で昼飯を食べておりますと、この男が傍《かたわら》へ来まして、ジロジロ私の顔を見ておりますゆえ、いやな男だと思っておりますと、だんだん慣れ慣れしくいたして、ついにはいやらしいことを言いかけますので……」

「な、な、なに、この阿魔奴《あまめ》、嘘を言うと承知しねえぞ。もし旦那、こ奴はわっちが半年ほど信州へ行っている留守の間に、間男を拵《あつら》えやがって、逃げたので……」

「まあ両人とも待て、一体どういうわけなのだ。両方が同じことを言っているが、と互いに言い争っているばかりで、お染と忠治にはさっぱりわけが判らんので、これ婦人、この者はお前の亭主なのか」

「いいえ、亭主ではなく、私にはほかに立派な亭主があるのでございます」

「やいやい、糞でも喰いやがれ。伝兵衛さんという、ちゃんと媒妁《ばいしゃく》までして、女房にした手前なんだ……」

「こりゃ、そんな手荒いことをするな。まぁ静かにしてもわかるじゃねえか。しかし互いにそう言う掛け合っては、どちらが本当か知れやしない。して手前はこの婦人の亭主だと言うんだな」

「ええ旦那。この女は全くわっちの嬶《かか》ァでございやす。信州の飯山へ半年ばかり行ってるうちに、とうとう間男を拵《あつら》えやがって、何処かへ駆け落ちしやがったので……へい」

「フム、手前は女房だと言い、この婦人はとんと見たこともないと言うのでは、どっちへ軍配を挙げていいか、さっぱり訳が判らん。して手前の女房に間違いないか」

「へえ、間違いございません」

「あれ、あんなことを申します」

「まあ待て、心配するな……そんなら手前この婦女の名は何と言うんだ」

「へえ、お松《まつ》と言うんです」

「いえ、旦那違います。私はお末《すえ》と言いますので……」

「フム、すると名が違っているな。して手前に尋ねるが、この婦女の年は幾つだ」

「へえ、その何んです……二十九でございやす」

「あれまたそのようなことを言います。私は今年三十七になります」

「なに、いや旦那、こんなことは旦那方の御存知ねえことなんで……どうか構って下さいますな」

このとき忠治は声鋭く、

「やい、この野郎怪しい奴だ。見も知りもせん女をつかまえて、無理難題を吹き掛けるとは太い性根だ。ウヌ勘弁ならねえ」

と突然その男の横面を張り付けた。さすがの悪漢も、こりゃ敵《かな》わんと思ったか、驚き慌てて畦道をバラバラと後を見ずに逃げ出した。後を見送ってお染と忠治は笑い、

「あははは、どうも悪い野郎だね、あんな難題を吹き掛けられては、婦女なぞは歩くことも出来やしねえ。おい姉さん、何か盗まれやしないか」

「はい、旦那様、お蔭様で助かりました」

「いや、まあ、怪我がなくってよかった。この日暮れで、往来も淋しいのに、婦女の一人で歩くのは剣呑《けんのん》だ。して住まいはこの近辺かい」

「はい。私はこの向かいの在所の者でございますが、御両人様どうぞ亭主にも話しまして、お礼を申し上げとうございますゆえ、お立ち寄り下さればありがとう存じます。またお差支えなければ、今夜は私の家でお泊りを願います。この辺には宿屋もなし、きっとお困りでございましょう」

と渡りに舟で、お染と忠治は泊る所が無くって大いに困っていたところだから、これ幸いと忠治は、

「いや、親切にありがたい。ともかくも、また今の悪漢が出んとも限らぬゆえ、お宅まで一緒に送ってあげやしょう」

と婦人を先に歩かせて、お染と忠治はその背後よりついて行く。やがて道を十町ばかり行くと横道へ曲り、突き当るとずっと生垣があって、門の横に大きな榎《えのき》がある、萱葺の家の台所口から入った。庵室のような構造である。

「さあ、どうぞこちらへお入り遊ばせ。ただ今洗足《せんぞく》の水を差し上げます」

と、まめまめしく待遇してくれるので、両人も安堵して足を洗う。すると女は、

「もし、今帰りましたが大変に遅くなって済みません。きっと心配でござんしたでしょう」

と声をかけた。すると奥より、

「おお、今戻ったか」

と言いながら出て来たのは、年頃三十八、九、四十近い男で、永く患《わずら》っているのか、茫々《ぼうぼう》と月代《さかやき》を生やし髭だらけで、鼠無地の着物を着て、腰法衣を付けているのは、この庵室の堂守と見える。少し眼が悪いと見え、

「大層遅いゆえ、どんなに案じたか、知れやしない」

「でもお前さん、あいにくお医者が留守で、無駄足になりました。それから帰り道に、わたしゃもう少しのところで、悪者に殺されるところを、この御両人様に助けていただいて、ようやく帰って来ました。お前さんから礼を言ってもらおうと思って、

無理にお連れ申して、帰って来たのですよ」

「おやおや、それはまあ、どなたでございますか。女房を助け下さり、ありがとうございます」

「さあ、どうぞこちらへ……。もし、このお方様だよ」

「これは恐れ入ります。このような見苦しい所へお出で下さいまして……さあ、お通り下され」

「やあ、御免下せえ、さあ姉御《あねご》、上がりなせえ。どうも草臥《くたび》れた。なんの礼にはおよびませんよ。帰る道々が案じられたゆえ、一緒に伴れ立って来やした。しかし、はなはだ付け込んで無心がましいようだが、今夜一晩御厄介が願いたいもので……」

「はい、御遠慮に及びません、どうかお泊り下さいませ」

「そいつはありがたい。してお前さんは、ここの庵主《あんじゅ》さんですかい」

「いえ、庵主ではございません。私も若い時分からの眼病でしたが、弘法様へ願掛けをし、潰《つぶ》れる眼が治りましたから、信心のために夫婦して、これへ参って、堂守になっております。了念と言います者で、どうか御心配なくお泊り下さい」

と夫婦は丁重に両人を待遇し、夕飯を出してもてなしをする。やがて夕飯も済み、しばらくはお染と忠治と堂守夫婦は、四方八方《よもやま》の話をしていたが、なにしろお染と忠治は旅の疲れが出て、眠くなってきたので、

「それでは、お先へ御免蒙ります」

「どうぞ、御遠慮なく、お休みなされませ」

「じゃあ、先に御免下さい」

と奥の一室へ案内されて、お染と忠治は床に入った。忠治は横になるや昼の疲れで、早くもぐうぐうと前後も知らず高鼾《たかいびき》。お染は女のことゆえ、良人円之助のことや、過ぎ越し行末のことなど思い浮かべて、うつらうつらとしているところへ、時間にすると深夜の一時を少々回った刻限。台所口をトントンと叩く音がしたので、お染は今

頃何事だろうと、じっと枕をもたげて耳を澄ましていると、そんなこととは露知らず、表からは、

「おい、姉御、姉御」

と。内よりは昼間の婦女が小声にて、

「あいよ、今開けるよ。やかましいやね、静かにおしよ」

と、女は密かに庭に下り、戸を開けると、入って来た男は豆絞りの手拭いで頬冠り、裾《すそ》をあげて、長脇差しを一本落とし差し、

「姉御、大変遅くなりやした」

「あい。あまり遅いゆえ、心配していたんだよ」

「それは、済まなかった。兄ィ大きに遅くなりやした」

「おお、あんまり遅いから、どうしたかと思っていた」

「実は今日の昼間、小仏峠の麓で、二人連の旅人を見掛けて、どうやら手剛《てごわ》そうな

奴ではあるが、懐には多少持っている様子。また女の方は素敵な別嬪《べっぴん》ゆえ、どこかへ叩き売れば、大した金になると睨《にら》んで、姉御と二人で仕組んだ狂言、二人とも大丈夫でしょうね」

「ほれ、あの通り、ぐうぐうと白河夜船《しらかわよふね》の高鼾《かたいびき》だ」

「じゃあ、ぼつぼつ仕事に取りかかろう」

と小さい声で互いに囁いているのを、襖の側で耳を寄せて、先程より聞いていた小町のお染は、

「ははあ、さてはこの庵室は悪党の住家だな、よし一つ脅かしてやろう」

と剛胆極まるお染はビクともせず、帯を引き締めて身支度して、夜具の中へは行灯《あんどん》を横に入れて、寝ているように見せ掛けた。襖の影に身を忍ばせ、窺《うかが》っているとも知らずに三人は、手にはそれぞれ抜身を提げ、抜足差足《ぬきあしさしあし》で忍び寄る。

六　盗人宿での奇遇

悪党の了念と鬼の女房のお松、六道金蔵の三人は、今にもお染と忠治の寝ている居間へ近寄り、しばらく様子を窺《うかが》う。黒船忠治のぐうぐうという鼾《いびき》が聞えるものだから、三人は頃合《ころあ》いは好《よ》しと、間の襖をスーと音がしないように開き、じっと首を突っ込んだ。

内部は真暗闇。まず第一に了念が内部へ忍び込み、鼾《いびき》を頼りに進み寄る。最前より待ち構えている小町のお染は、台所の灯明の光りで、内部からは朧《おぼろ》に見えるので、了念がお染の前を過ぎようとするときに、拳《こぶし》を堅めて、了念の脇腹へ一当《ひとあ》てした。

「あっ」

と言おうとする奴をそれを言わしてなるものかと、背後から頭を抱え込み、口へ手を当て、気絶したのを確かめて、その場に寝かした。またもじっと待っていると、襖の外部にいる二人は、了念が入ったきり、音沙汰がないので、どうしたのかと、声をひそめて、

「兄き、どうしたんだ。暗くて見えねえのかい、おい」

と言いながら入って来る。これも同じ手段を使って、お染はそこへ気絶させて置いて、じっと窺《うかが》っていると、今度は了念の女房お松が、

「これ、了念さんに金蔵、あまりに暢気じゃあないか。女の所へ夜這《よば》いに来たんじゃあるまいし、二人とも入ったきり、何をしているんだえ」

と呟きながら入って来る奴を、お染はおかしさこらえて、腕を延ばしお松の襟着を引っ摑み、

「わあっ」

と驚く奴を、早速の早業《はやわざ》で肩に引っ担《かつ》ぎ、

「やあっ」

と一声もろともに、太平楽で寝入っている黒船忠治の枕元めがけて、ズッテンドウと投げ付けた。物音に眼覚めた忠治は飛び起きるが早いか、ぐるぐるとうろたえ廻り、

「おい、火事はどこだ。大変大変、姉御、火事だ、火事だ」

と。お染はこれを眺めて吹き出し、

「ははは、これ忠治、寝惚《ねぼ》けちゃあいけない。静かにおしよ」

と言う声が耳に入って、初めて正気になった忠治は、四方をキョトキョト見回して、

「おや姉御、もう火事は？」

「なにが火事だえ、火事なんか起こりゃしないよ」

「へえ、わっちあ、火事と聞きましたが」

としばらく考えていたが、

「おお、火事の夢を見ていたところへ、すごい物音がしたので火事かと思ったのだ。して、姉御、その様子は……」

「あいよ、忠治、お前の枕元を御覧よ」

と言われて、忠治がよくよく眼を据《す》えて、枕元を見れば、人間が倒れているので、

「これは、姉御、ここの女房じゃありませんか」

「そうだよ。忠治、台所へ行って、灯火を持っておいで」

「へいっ」

と忠治は眼を擦《こす》りながら、灯火を持って来て、そこらを照らしてみると、

「やあここにも一人、そこにも……」

と、じっと覗《のぞ》き込んで、

「やっ、こいつはここの亭主だ。これは昼間の男だ。して姉御、これは？」

「実はこれこれしかじかで。私が気づかなかったら、お前は今ごろ首と体とが別々になっているところだよ」

すると忠治は驚き呆《あき》れ、

「へえ、こいつら泥棒ですかい。じゃあ、まだ新泥だな」

「どうして、新泥だえ」

「苔の生えた泥棒なら、一目で俺らが素人が玄人かくらいは判りそうなものだ。それに泥棒の本家本元を殺そうなんて、ちゃんちゃら可笑《おか》しい。だから新泥と言ったんですよ」

「なるほど、そうかも知れないが、なにしろ危険なところだった。忠治そいつらを引き縛っておしまい」

「へい、かしこまりやした」

と忠治は一人一人を六尺帯で引《ひ》き縛《くく》りながら、

「やい、手前らは幸せな野郎だ。まだ姉御だから気絶くらいで済んだのだが、おれが起きていたら、手前らは今頃は地獄の三丁目へ転居しているところだぞ。やい、大きい図体をしやがって、鼻を垂れるということがあるか。ちゃんと拭け」

「これこれ忠治、気絶して死人も同様な者を叩いたり、鼻を拭けなんて言っても拭けるものかね。ついでにお前拭いておやり」

「泥棒の鼻拭きは御免だね」

と両人は冗談を言いながら、忠治はとうとう三人を高手小手《たかてこて》に引き縛り、柱へ縛り付ける。そこでお染は、

「これ忠治、まだ夜明けに間があるゆえ、一眠りしようでないか」

「へえ、姉御はどこまで剛胆なんでしょうね。じゃあお休みなさい。わっちゃぁ足るほど寝たから、朝まで起きていやす」

「それでは、一眠りするほどに、頼むぞ」

と寝床へ潜り込み、平気の平左《へいざ》で寝入る。あくまでも剛胆不敵の所業《しょぎょう》であった。

　さてその夜も明けて、お染も目を覚まし、顔を洗い、忠治は台所で茶を沸かし、そこらを捜して飯櫃《めしびつ》や野菜などを取り出し、二人は朝飯を食べ終えた。お染は三人の側に進み寄り一人一人に活《かつ》を入れて蘇生させた。正気になった三人は、四方をキョトキョト見回していたが、数珠繋ぎに縛められているのを見て、始めて昨夜のことを思い浮かべ、

「ひゃあ、どうぞお助けを」

「ああ痛い痛い、旦那、御勘弁なさって下さい」

「もしお嬢様、どうか旦那様にお詫びをなさって下さいませ」

と青くなって震えている。このとき忠治は三人の側へ行って嘲笑《あざわら》い、

「やい、今聞きゃあ、お嬢様とかぬかしたが、おれよりお嬢様の方が剛《こわ》いんだぞ。手前ら昨夜そのような目に遭わされたのは、皆お嬢様がなすったのだ。おれは寝入っ

ていて知らなかったのだよ」

「へえ、じゃあ旦那ではねえんですかい」

「知れたことを、しかし手前たちは、泥棒としちゃあ、よほどの頓馬《とんま》だなあ」

「へい、昨夜が初めてなので……」

「そうだろう。そんなことじゃあ泥棒では喰っていけねえ。手前たちはこの姉御を誰だと思うんだ。今関東でその名も高い、縹緻《きりょう》がいいので小町と異名を取る、小町のお染さんというのは、このお嬢さんのことだよ……。なんと驚いたか。お嬢さんなんて思うような目で、我々を釣ろうなんぞは聞いて呆れらあ。またおれを誰だと思っていやがる。坂東八ヶ国で知ってる者は少ないが、少々腕っ節のある黒船忠治というのは、おれのことだ。手前らの新泥に玩具《おもちゃ》にされるようなお兄さんじゃねえんだ。さあ性根を据えて返答しろい。返答によっちゃあ、生かしておかねえからな」

と言われて三人は吃驚仰天《びっくりぎょうてん》、

「じゃあ、このお嬢さんが、噂に高い小町のお染姉御《あねご》ですかい。それはどうもお見損ない申しやした。どうか生命ばかりはお助け下さい」

と。するとお染はにっこりと笑い、

「これ、お前ら三人は何で心得違いなことをしたんだえ。泥棒ということはよくないものだよ。わっちも以前は覚えがあるゆえ、あまりやかましくも言えないが、お前たちが今日よりは、改心して泥棒をせぬと誓うなら、このままで今日のところは見逃してやるが、やっぱり悪事をする考えならば、三人の生命は今眼の前でもらうがどうだ。よく考えて返答おしよ」

と優しいなかに凛《りん》とした、侮《あなど》り難《がた》いものがあるので、三人は一言半句の言葉もなく、三拝九拝してただただ謝っている。お染と忠治もようやく怒りを和《やわ》らげ、

「忠治、三人の縄を解いておやり。どうやら改心したらしい」

「へえ、ようございやす」

と忠治は三人の縄は解いてやる。このとき了念の女房お松は、恐る恐る進み出て、

「もしお嬢様、貴女はもしや武州は入間郡川越の御城主、松平大和守《やまとのかみ》様の御家中の村越金弥様のお嬢様で、お染様と仰るのではございませんか」

と。これを聞いてお染は、不審の眉を顰《ひそ》め、

「えっ、お父上の名前を知っているお前は」

「それじゃ、やっぱり村越金弥様のお嬢様でございましたか。お懐かしゅうございます、と申すばかりでは貴女様は御承知もございますまいが、私は貴女が生まれて間もなく御奉公申しあげ、三歳になられますまで、お乳を差し上げていました。乳母《うば》の松でございます」

と言われて、お染は大いに驚き、

「ええ、それではお前が乳母《うば》の松であったか。逢いたかった、逢いたかった。そうとは知らず昨夜から手酷《てひど》い目に逢わせて、どうぞ許しておくれ。お父上のお話にいつ

もお前の話を聞いて、私は母親のように懐しう思っていた。今日ここで出遭うとは、尽きぬ縁《えにし》の引き合わせ。このような嬉しいことはない」

と真実の母にでも逢ったように嬉しがって、互いに手を取り交して涙にむせんでいると、先程よりこれを聞いていた黒船忠治は、

「いや、どうも妙なことがあるものです。ここでこのようなことがあろうとは思わなんだ。それで思い当たるが昨日お松どのを見たときに、身ぶりは粗末だが、どこか品格がある婦女と思っていたが、それじゃあ武家奉公をなすったためであったのだな。いやすんでのことに、こっちが生命を落とすところであった」

とこれもともに喜んでいる。そこでお染もお松も、互いに今までの身の上を語り、泣いたり悲しんだりしていたが、お染はじっと頭を上げ、

「それでは松や、私はこれより良夫《おっと》円之助殿を尋ねて、この身の落ち付きが定まったら、お前に知らせるので、どうかそれまでは達者でいておくれ。私はお前を母上と

も思って、きっと行末を見てあげるほどに、この後は決して悪い事をせぬように待っていておくれ」

「はい、いろいろ御親切に仰って下さり、私は真実のわが娘に逢ったような心地がいたします。よろしくお願い申します」

と互いに別れを惜しんだが、いつまでもここにいるというわけにはいかないので、お染は忠治に百五十両のお金を取り出させ、五十両を了念、五十両をお松、また金蔵にも同じく五十両を渡し、

「それでは、このお金を差し上げるので、私が知らせるまで、これを資本に商売をして、悪い心は決して出さぬように。また金蔵もこの金で正しい世渡りをせねばいけない。了念さんもその通り。今度逢ったら、充分のことをするゆえ、必ず泥棒なぞはなさるな」

「はい、誠に面目次第もございません。泥棒の仕事始めに仕事仕舞《しまい》、以後は首が飛

んでも悪事はいたしません」

金蔵もかたわらで、

「へい、見も知りもせず、何の因縁もねえ貴女様に、そのように大金をいただいて、誠に恐れ入りやした。これを資本に天秤棒《てんびんぼう》を担いででも、正業《せいぎょう》にありつき、妻子を養わねば、貴女に義理が済みません」

と深く喜んで、しきりに礼を述べる。

お染と忠治は何時までもここに居るべきではないので、ようやく三人に別れを告げ、三人に送られて出発した。小仏峠の間道を越えて、武州府中宿へ行こうと道を急ぐ。八王子に出て日野の原もすぎ、府中宿の入口までやって来て、お染と忠治の両人は掛茶屋に腰を掛け、婆さんの酌み出す渋茶を呑んでいた。四方八方《よもやま》の話をしているところへ、表を通りかかった二人連れの道楽者が、一杯機嫌の千鳥足でヒョロヒョロと出て来た。掛茶屋の床几《しょうぎ》にお染が腰掛けているのを見て、どこかの素人娘とでも

思ったのか、あまりに別嬪《べっぴん》なものだから、

「一つ、からかってやろう」

と両人は、お染の腰掛けている向かいへ腰を下ろし、

「やい、茶を持ってこい、俺らがここへ腰を掛けたら、すぐに気を利かせて、茶と菓子はお決まりじゃねえか。気の利かねえ腐《くさ》り婆《ばば》あめ」

と酒が言わす罵詈《ばり》雑言《ぞうごん》。茶店の婆さんはおずおずしながら、

「はい、親分遅なりました」

と茶盆を置いて、逃げるように奥へ引っ込む。するとその二人はまたも、

「やい、菓子がねえじゃないか。俺らも菓子を喰えば、金を払うくらいなことは知っているわい。おおちょうど幸い、手近に菓子があるわい」

と言いながら、無遠慮にもお染と忠治の間に置いてある菓子盆を引き寄せて、ムシャムシャと食う。お染は知らぬ顔。忠治は苦虫《にがむし》を噛んだような顔をして、じっと我慢を

していると、両人はますます傍若無人《ぼうじやくぶじん》に、

「おい、姐さん、ちと笑いねえな。俺だってたまにゃ、女に惚れられることもあるんだよ。これ娘さん」

と黙っていりゃ、いい気になってふざけてくる。お染はムッとしたが彼らを相手にするも詮ないことと、忠治に目配せして、ずいとそこを立って表へ出る。すると忠治も腹が立ってたまらないが、お染がこの有様だから虫をおさえてようやく立ち上がり、

「婆さん、邪魔をした、茶代は置くよ」

と茶代を盆に載せて置いて、これも表へ出る。婆さんはそこへやって来て、

「これは、大きにありがとうござい……」

と、礼を言いながらふと見ると、菓子は皆喰ってあるが菓子代が置いてないので、婆さん表へ飛び出て、

「もしお客様、あのお茶代はありがとうございますが、お菓子代も御一緒で……」

という。すると忠治は振り返り、

「おい婆さん、菓子なんぞはおれたちは喰やぁしねえよ。おれたちが喰おうと思っている間に無くなったんだ。よって、あの方々にもらいねえ」

「そうではございましょうが、私はあなた様の所へ出しましたので……。あのお代がいただけませんと、半日働いたのが、丸損になりますのでどうかお願い申します」

「フム、妙だな、おれらが喰わんでも金は払わならんのかい」

お染は振り返ると、

「これ忠治、そんなことをいうんじゃないよ。わずかばかりのお金をお払いよ。あの男たちは元より金を払わないので、婆さんが心配しているんだよ」

と忠治に注意すると、

「へい。それはわかっておりますが、いくら我らが人がいいからって、見ず知らずの者に菓子代を支払ってやる義務はないはずで」

と口をとがらせていう。つづけて、

「それでは俺が掛け合って、あの者たちから金をもらって、婆さんに渡せばいいでしょう」

というと、お染が止めるのも聞かず、負けん気の強い黒船忠治は二人の道楽者のそばへ進み寄った。

「もし、親分衆。俺は忠治と申す通りすがりの者です。今お前さんたちが、俺たちのところに出してある菓子を全部食べてしまった。その菓子代をいただきましょう。俺から婆さんへ払うのが当然のことですから。どうか頼みます」

と忠治が話すと、二人の道楽者は眼をむいて怒り出し、

「なんだ、金を払えだと。俺たちを誰だと思ってやがるんだ。この府中宿の……」

「おいおい。そんなことを聞いてるんじゃねえ。金を払えばいいのだ。菓子を食った金を払うことができねえのか」

「いやはや、これは驚いた。俺たちはこの府中宿で……」

「やかましいわ。金が無いなら無いといえ。そうすれば五十両でも百両でもくれてやるんだ。菓子を食い逃げしていいという法があるとでもいうのか。手前《てめえ》のような奴は道楽者の面汚《つらよご》しだ。今後のためにこうしてくれる」

というと、短気の忠治は拳《こぶし》を固めて二人の横面《よこっつら》を殴りつけた。二人が不意を突かれて倒れると忠治は足を乗せたまま、

「ははは。口ほどにない弱い奴らだ。婆さん菓子代だよ」

といって懐から一両を放り出すと、お染のもとへ走っていった。

「さあ姉御《あねご》、参りましょう」

と四、五間向こうへ歩むと、

「おい、若いの。ふざけた真似をするじゃねえか。俺の子分を足蹴《あしげ》にして、黙って行きすぎるとは、少しひどいじゃねえか」

とうしろから大声で呼び止められた。

忠治が振り返ってみれば、本場結城を揃いに着流し、茶の博多の帯をしめ、角鍔《かくつば》の長刀を落とし差し、見上げるほどの大柄な肥満の人物が立っていた。その側には屈強そうな五人の子分を従えて、お染と忠治を睨《にら》み据《す》えている。

七　府中宿の鷲摑権五郎

呼び止めた声の主の風貌を見た忠治は、ぎょっとしたが顔には出さず、平然を装って、

「へえ、俺のことですかい」

「そうだ。手前《てめえ》のほかに、誰もいねえじゃねえか」

「それで、どんな御用ですか。先を急いでおりますんで、どうか早く聞かせてもらいやしょう」

「ふん、青二才が。しらばっくれちゃあいけねえ。今言ったとおり、俺らの子分を

痛い目にあわせて黙って行くとは、少々酷《ひで》えじゃねえか」

「へえ、それじゃあ、どうしたらいいんですか。俺たちも旅の空で、この地の作法をとんと知らねえんです」

「なんだと、作法を知らねえ。作法なんかありゃしねえが、あれを見ろ。犬や猫ならともかく仮にも人間、しかも二人とも足腰の立たねえようにして、一応のあいさつもなく去っていこうとは、あまりにも酷《ひで》えじゃねえか」

「へえ、じゃあ何ですかい。この辺では泥棒しても、差し支えないんですかね」

「なに、泥棒とは誰に向かって言ってるんだ」

「誰でもねえ、あの野郎どもは泥棒したんじゃねえか」

「どんな泥棒をしたんだ？」

「ははは、何も事情を知らねえで、人を呼び止めなさんな。奴らは俺たちの菓子を無断で食べておきながら、金を払わねえから泥棒だ。それを手ひどい目に合わせたのがどうしたっていうんだ」

という忠治の眼は怒りに燃えていた。側のお染は、

「これ忠治、言い過ぎだよ。もうやめにして、ちょっとは謝ったらどうだい」

と諫《いさ》めると、

「いや、謝る理由《わけ》がありません。泥棒されて謝るなんて、そんな馬鹿なことはできませんぜ」

「これ、何を言うのか。我々は旅のもんだから、ことが面倒になっては困るじゃないか。いまは押さえて謝るほうがいい」

「いや、お嬢さまが何とおっしゃろうとも、それはできません。相手に恐れて謝ったとなれば、この忠治の顔が立ちませんから」

と頭に血がのぼった忠治はお染めの言葉にも耳を傾けようとしない。このやり取りを聞いていた大柄の親分は、

「やい若造、おとなしく言って聞かせればいい気になりやがって。ぐずぐずと言い訳ぬかしやがると承知しねえぞ」

と大いに怒った。忠治はその様子を見て、

「あはは、ただ図体が大きいのを恐れていちゃあ、奈良の大仏を見たら気絶してしまうぜ。承知するも何もあったもんか、笑わせるな」

とあざ笑った。

親分は怒り心頭して、

「なんだこいつは、言わせておけばなんやかやと。もう勘弁《かんべん》ならん。それっ、この若造をたたんでしまえ」

「へい、合点だ」

と威勢良く五人の子分が打ちかかってきた。この理不尽な喧嘩に小町のお染も腹を立て、前へ進み出て子分の前に立ち塞《ふさ》がり、

「これこれ皆さん。何をしようというのですか。もし親分さん、お前《めえ》さんも立派な身振りはしているが、あまりに理不尽ではございませんか」

お染の言葉に驚いた親分は、

「なんだ女の分際《ぶんざい》で、出過ぎた口をたたきやがると、手前《てめえ》も若造と一緒に承知しねえぞ」

「なんです。たとえ女の分際でも、私の連れている者から起こったことではありませんか。私が口を出すのに何の不都合もないはず。お前さんも親分と呼ばれているのに、あまりにも子分贔屓《こぶんびいき》。そちらの落ち度がないとは言わせません」

と一本筋の通った言葉に、親分も二の句がつげなかった。

「ううむ、や、や、やかましいわ！　やい子分ども、かまうこたあねえ、二人とも捕まえて縛ってしまえ」

とお染の器量を目的に、難癖つけて従わせようとする親分の魂胆は丸見えだった。命令された子分たちは親分に逆らうこともできず、いっせいにお染と忠治を取り囲んだ。

忠治は烈火の如く怒り、

「やい手前ら、油断してかかると痛い目を見るぞ。俺と手前たちとでは格が違うんだ」

と言い終わるや否や左右の拳《こぶし》を固めて打ちかかった。すぐに三人の頭を殴りつけ、それぞれの股間を蹴り上げると、三人とも地面に這《は》いつくばり、苦しそうな声をあげた。

一方お染は、あくまでも素人娘らしく振る舞って、二人の子分に両手を掴まれたまま、しきりに謝っている。その様子を見た忠治は、

「ははあ、姉御には何か魂胆があるようだ」

と思い、その成り行きを見守った。するとその忠治に向かって親分がかかってきた。

忠治と親分とはもみ合いになったが、親分の力がわずかに上回り、とうとう忠治を組み打ち敷《し》いた。

「やい、子分ども、何か縛るものを持ってこい」

というと、子分が差し出した三尺帯で忠治を後ろ手に縛ってしまった。

「やいやい、どうだ若造。往生したか」

「なに、これくらいで往生してたまるか。さあ、どうとでも勝手にしろ」

と腕に力をこめたが、お染が目配せしたので互いに頷《うなず》き合って、わざとおとなしくしていた。忠治が観念したと見た親分は、鼻高々といった顔つきで、お染めの腕を摑んだ子分に向かって、

「おい、その娘を連れて家へ帰れ。そしてこの若造も連れて来い。折檻《せっかん》してくれるわ」

と言い放ち、府中宿の中央にある立派な家に連れて行った。

家に着くとお染を縁側へ座らせて、忠治を奥庭の松の木に縛りつけた。やがて座敷の障子が開いて親分が現れる。その座敷には二、三十人の子分が座っていた。部屋の中央には山のように珍味や肴《さかな》が積み重ねられ、酒宴の準備が整っている。

親分は子分に縁側の障子を左右に開かせると、庭に向かってどしっと座した。

「やい、若造。手前は俺の子分を五人も手ひどい目にあわせやがった。今からその仕返しを酒の肴にしてやる。しかし、この娘の返答によっては手前を許してやらんこともない」

というと、今度はお染に向かって、

「どうだ娘、俺に従う気はないか？　お前の返答一つで、あの若造を助けてやれる。また返事の内容によっては、あの若造は殺してしまおう。性根《しょうね》を定めて返答しろよ」

と口ぶりこそ荒々しいが、目尻を下げ、いやらしい顔をしてお染に見とれている。お染は心の中では面白おかしくてたまらないが、うわべでは体を震わせ、顔を青くして、

「ど、どうか、お許し下さいませ。私はそんなことはできません」

と言葉使いからその振る舞いまで、素人娘を演じてみせるので、それを真に受けた親分はますます悦に入り、

「これこれ娘、そのように怖がることはないぞ。俺はこう見えても思いやりの深い男だ。手前《てめえ》も田舎の土臭い男を亭主に持つよりも、俺に従っていれば栄耀栄華《えいようえいが》の仕放題《しほうだい》で、楽々と安気《あんき》に世が送れるというものだ。どうだ、〝うん〟と言え」

「弱りました。私は親分様のお名前さえも存じませんのに……」

「おお、そうか。まだ俺の名前さえも知らないから、不審に思うのだな。俺は相州一円の大親分、鷲摑《わしづかみ》の権五郎という者だ」

「へええ、恐ろしいお名前ですわ」

「ああ、名前は恐ろしいが、気持ちは案外優しい男だぞ。どうだ〝うん〟と言うか」

「ええ、今すぐに御返答はでき兼ねます。どうぞあの男の縄を解いてやって下さいませ」

「ふうむ、縄を解いてもいいが、よい返答を聞かないうちは解いてやるわけにはいかない」

「それでは、私もお返事はいたしません」

「いやはや、こやつは弱みにつけこんで、上手いことをいうものだ。よし、それじゃあ解いてやるから、返事を間違っちゃあ承知しねえぞ。やい、若い者、あいつの縄を解いてやれ」

合点しましたと、若者たちが忠治の縄を解くと、忠治は別段驚きもせずにのそのそと縁側までやって来ると縁側に腰掛けた。じろじろと座敷を見回し、最後に親分鷲摑

の権五郎を尻目にかけると、

「へへへ、どいつもこいつも、難しい顔つきをしやがって。女に惚れられそうな人相の奴は、一人もいねえな。人を縛って酒を飲むなんて残酷なことをしやがる。親分が親分なら、子分も子分だ。お前《めえ》らのような奴らは、世の中の糞垂《くそた》れ虫だ」

と傍若無人《ぼうじゃくぶじん》に罵詈雑言《ばりぞうごん》を吐き散らして、からからと笑った。

座敷に座っている子分たちは、忠治の大胆不敵なことばに度肝《どぎも》を抜かれ、互いに顔を見合わせて呆気《あっけ》に取られている。鷲掴の権五郎はかっと眼をむいて、

「やい若造。親切に縄を解いてやれば、喜ぶどころか図に乗りやがっての罵詈雑《ばりぞう》言《ごん》。ぐずぐずぬかしやがると、もう一度手ひどい目にあわすぞ」

「なんだと、縄を解いてくれと誰が頼んだ。手前《てめえ》が勝手に解かせたのだから、礼を言う因縁はないわい。やい鷲摑みか雀摑みか知らねえが、手前のようなぶかっこうな顔で女を口説くなんて、鏡を見たことあるのか。お前の方こそぐずぐずぬかしやがる

と、鷲摑みにしてくれるぞ！」

と臆することなく、大言を吐き散らす。顔を真っ赤にした権五郎は、

「ええい、言わせておけば、口に番所がないと思っての罵詈雑言。もやは勘弁ならん」

というとグルグルと帯をほどいて素っ裸になって、黒船忠治に飛びかかろうとした。

この時までじっと様子を眺めていた小町のお染は、飛びかかろうとする権五郎の前に立ち塞《ふさ》がり、

「これ親分、鷲摑の権五郎とも言われる者が、そんな様《ざま》じゃ、あまりにもみっともない。まあここは下がって、静かにお酒でも飲みましょう」

「ううむ……いや、どけ女。どうしても勘弁できねえ。そこをどけ」

「いいえ、どきません」

「なんだと、この俺の邪魔をしやがるのか」

と権五郎はお染の胸ぐらを突き飛ばそうとする。その腕首を摑んだ小町のお染は柳眉を逆立《さかだ》てて、

「ええい、これほどその身のためを思って聞かせるのに、強情を張り通すとは何事か。こうなったら勘弁ならん、こうしてくれる」

と摑んだ腕首を手許に引き寄せると、エイッという声とともに担ぎ、ヤアッという声と一緒に庭の地面に投げつけた。

これを見ていた子分たちは騒然とし、

「ソレッ、親分の仇だ。女を逃がすな、若者を取り押さえろ」

とかかってきた。お染めは、

「ええい、面倒な。それ忠治、捻《ひね》っておしまい」

と忠治に声をかけると、

「承知しました」

と答えると、お染と忠治の二人で片っ端から子分を投げ飛ばし、打ちすえた。

しばらくは憤激勇戦の光景だったが、鷲摑の権五郎の子分は二、三百人におよんだので、この騒ぎを聞きつけた子分たちが三人五人と駆けつけて、最初は二、三十人だった子分が屋敷中にあふれてきた。いつ終わるともわからない状況のなか、戸外から向鉢巻きに天秤棒を小脇に抱え込んで乗り込んできた者があった。

「やいやい、どけどけ。駒止の三五郎だ。この喧嘩俺が預かった。さあ、俺の言うことが聞けねえ野郎は、俺が相手になってやる」

と大声で叫びながら屋敷へ躍り込んできた。これを聞いた子分たちは、

「あの声は、駒止の親分だ。みんなやめろ、退《の》け」

と部屋の片隅へ下がった。その様子を見た三五郎は、お染と忠治の前にやって来ると、鉢巻きを取って、

「俺はこの府中宿に住んでいる、駒止の三五郎というけちな野郎です。元の起こり

はどんなことか知らねえが、どうか俺に任せて下さいませんか。お前さんたちの顔のつぶれるようなことにはいたしません」

と、丁寧にあいさつをした。するとお染も手をついて、

「はい。私は小町のお染、この者は黒船忠治と申します」

と。これを聞いた三五郎は驚きで目を見開き、

「なんと、お前さんが小町のお染めさん……ふうむ、そりゃあ、ますます都合がいい。さて、ことの起こりは何ですか？」

とことの発端を尋ねると、お染は町はずれの茶屋での一件を語った。

「なるほど、それは鷲摑が悪いのは自明のこと。ここで少しお待ちなさい」

というと駒止の三五郎は、お染に投げ飛ばされて顔をしかめて尻をさすっている鷲摑の権五郎のところまで行くと、

「こら鷲摑、この一件はお前《めえ》が悪いぞ。仮にも二、三百の子分を養う親分ともあろ

うものが、何というざまだ。俺はこれ以上何も聞かないから、今日のところは俺に預けてくれるな。どうだ」

というと、権五郎は面目ない顔をして、

「どうも俺が悪かった。誠に面目ねえが今日のところは内密に済ませてくれ。すべて手前に任すので、よいように頼む」

というと、しょんぼりと下を向いた。

「では、いずれ俺が来るまで返答を待ってくれ。このお客人の胸のうちも尋ねてみなければ、俺もいまここで返答はできない。またのちほど会おう」

と言い残すと、三五郎はお染と忠治を連れて、自分の家へ戻っていった。

三五郎はお染たちを奥の一間に通すと、酒肴《しゅこう》を取り出して厚く両人をもてなした。あいさつも済んだところで三五郎は、あらためて二人に向き合うと、

「小町のお染殿、今日のところは鷲摑が悪かった。お二人に怪我もない様子なので、

勘弁してやってくださらんか」

「はい。私たちはこれという思惑があって騒ぎを起こしたわけではありませんので、別に苦情もございません。無事に済めば結構です。ただ、親分に御迷惑をおかけして申し訳ございません」

「なんの、俺は差し支えない。あなた方こそ気の毒で。なのに文句もなしに済ませて下さってかたじけない。いや、安堵《あんど》した。それでは一件落着として、あなた方に尋ねたいことがあるのだが」

「そのお尋ねとは？」

「いや、ほかでもないが、お前さんのご亭主は、大友円之助さんとおっしゃるのでは？」

これを聞いたお染と忠治は驚いて目を丸くした。

「そうです。どうして親分はご存じなので？」

「それについては長い話になるが、昨年の十二月に……」

と円之助と三五郎の出会った経緯について物語りはじめた。

「……という成り行きで、円之助殿はしばらく俺の家に滞在しておりました。しかし、どうしても父の仇、鬼尾源左衛門を捜すため江戸表へ行く、といってお発ちになりました」

この不思議な縁を聞いたお染は、亭主の円之助と別れて以来、今日までのことを話した。ひとしきり会話が交わされると、三五郎は姿勢を正して、

「わざわざ我が家までお越しいただいたのには理由《わけ》があります。あるお方に会っていただくためです」

というと立って奥へ行き、やがて一人の婦人を伴って戻ってきた。その婦人は三五郎のうしろに座り、手をついている。三五郎はこの婦人を指さし、

「もしお染殿、お前さんはこの婦人を知っていますか」

といった。お染は婦人の顔をしげしげと眺めてから、

「どうも、私には見覚えはございません。どなたですか」

「まだご存じないのですね。この婦人は円之助殿の母上でございます」

この三五郎の言葉に、お染と忠治はまたまた驚いた。

「この御婦人が話に聞いていたお玉さま……では、私の義理の母上……」

というと、お染はお玉の側へ進み寄り、

「お義母上《ははうえ》、お初にお目にかかります。私は円之助の妻お染と申します。お会いできて、まことに嬉しく存じます」

このお染の言葉にお玉も喜び、

「ああ、あなたがお染殿ですか。いつも円之助から話は聞いておりました。どうか末永く力になってください」

「はい。私が来たからには大丈夫です。心配にはおよびません。ところで親分、ど

うというわけで義母上《ははうえ》がここに御厄介になっているのですか」

とお染が尋ねると、

「いや、その御不審はもっともなことです。実は事情がありまして、円之助殿から頼まれているのです」

この三五郎の言葉を受けて、お玉は自分が身を寄せた経緯をお染たちに話した。

「三五郎親分のおかげで、見えなくなっていた目も治り、実の母のようによくしてもらっています」

と涙を浮かべながら話し終えると、それを聞いたお染と忠治は深々と三五郎の親切に礼を述べた。三五郎は照れ隠しをするかのように、

「めでたい親子の初対面、俺はちょっと出かけてきますから、ゆっくりくつろいでください」

と言い残すと、立ち上がって鷲摑の権五郎宅へ出かけていった。

三五郎は権五郎の家に着くと、穏便《おんびん》にことが済んだのを知らせ、めでたく一件落着となった。自宅に戻った三五郎はお染と忠治にしばらくの逗留《とうりゅう》をすすめ、あらためて日を選ぶと、鷲摑の権五郎とお染・忠治のあいだに仲直りの盃が交わされた。これによって双方無事に円満な解決となった。

ここ府中宿に町道場を開き、八重垣流の剣道指南をしている熊沢半左衛門という浪人がいた。もとは九州熊本細川家の浪人だったが、諸方を巡り歩いた末に、駒止三五郎の世話で府中に町道場を開くと、土地の顔役や子分を門弟に取って剣術を教えていた。半左衛門の性格は穏やかで、とても評判の良い人物だった。

ある日のこと、半左衛門は三五郎の家を訪ねてくると四方山話《よもやまばなし》をしたが、どうも浮かない表情をしている。すぐにそれと見た三五郎は、

「先生、どこか具合でも悪いんですか。どうも顔色がよくない様子」

「いや、別にどこが悪いということはないのだが……。実は昨日、拙者の留守中に一人の修行者が参ったのだ」

「ほう、それでその試合はどうでしたか」

「いや、試合はまだ行っていない。門弟が拙者の留守を告げると、〝では明日の昼過ぎに参るので、決して留守にしないように待っていてください〟と言って帰ったそうなのだ」

「へえ、じゃあ今日が試合ですね」

「まあ、そんなものだ。実はその修行者というのが、大変な奴なのでふさぎ込んでしまっているのだ」

「なるほど、それで元気がないのですね。して、何者なのですか」

「うむ。名前は万願寺《まんがんじ》加藤太《かとうた》、関東にその名を轟かせる剣術者なのだ」

「へええ、それは面白い。俺も見物に行きます」

と三五郎が目を輝かせると、いっそう半左衛門の顔が曇った。

「それが困るのだ。拙者よりも格上の者なので、敗れるのは自明のこと。敗れたとなれば、道場の看板を外さなければならない。それが心配なのだ。親分、何とかよい方法はないだろうか」

「えっ、その者は、先生よりも強いんですか？」

「そうだ。すでに各地の道場を破り、その勢いに乗じて当地へ乗り込んできたのだ。とても敵《かな》う相手ではない」

「それは困りましたな。そんな奴に来られてはひとたまりもないですな。しかし、試合を断るわけにもいかない……」

と二人で頭を抱えているのを、小町のお染は襖の影から聞いていた。お染は二人の前へ進み出ると、

「ごめんくださいませ。誠に失礼ではございますが、ただいまのお話は襖の影で

承《うけたまわ》りました。どうかその修行者が来たら、私を先に試合に出してくださいませんか」

と提案した。目を丸くする半左衛門の横でぽんっと膝を打った三五郎は、

「なるほど、お前さんが剣術に優れていると、たびたび円之助さんから聞かされたのを忘れていました」

と一人合点すると、半左衛門にお染を紹介した。

「先生、この方は小町のお染殿です。女だからといって侮《あなど》ってはいけません。その万願寺加藤太という、他流試合の先生が来たら、このお染殿を先に立ち合ってもらいましょう。大丈夫です、負ける心配はありません」

と意気揚々《いきようよう》と三五郎が推薦するので、半左衛門も承諾した。

「おお、それはよい方がおられた。初めてお目にかかります、拙者は熊沢半左衛門と申します」

「はい、私は村越お染と申します。出過ぎた真似をして御迷惑さまです」

「いや、ごあいさつ痛み入ります。どうにも面目ない次第ですが、ただいまお聞きおよびの通りです。どうぞよろしくお願いいたします」

「はい、勝負の行方はわかりませんが、私が先に試合をしてみましょう」

とあいさつを交わしたところに、門弟の一人が慌《あわただ》しく駆け込んできた。

「先生、先生。昨日の万願寺加藤太という方が見えました。どうぞお帰りください」

「おう、承知した。ではお染殿、お願いします」

三五郎、お染、黒船忠治は半左衛門にしたがって道場へ向かった。

八　武者修行者・万願寺加藤太との立合い

熊沢半左衛門の道場では、他流試合のため乗り込んできた万願寺加藤太《まんがんじかとうた》を道場へ通し、すでに用意万端になっていた。熊沢半左衛門は三五郎とお染、黒船忠治を伴って道場へ戻ると、

「修行者殿、お待たせした。当道場の作法として、門弟から先に試合をして、そののち拙者が立ち合うということになっております。ご承知おきください」

「承知した。いずれの道場へ参っても、それは定法《じょうほう》のようになっております。どなたでもお立ち合いください」

と言うと、加藤太は手頃な木刀を借りて道場の中央へ進んだ。まずは二、三人の門弟が立ち合ったが、まるで話にならない。そこで負けん気の強い忠治が門弟を押しのけて立ち合ったが、ほんの三、四回木刀を振っただけで打ち据《す》えられてしまった。

もはや誰が出ても同じことなので、お染はしずしずと加藤太の前に立った。手には薙刀《なぎなた》、襷《たすき》に鉢巻きという凛々《りり》しい姿。半左衛門が、

「この者は薙刀を持って相手をいたすことに相なりました」

と断ると、加藤太は少し驚いたが、

「異存ありません。いやはや、田舎の道場に似合わないほどの別嬪《べっぴん》だ。しかしその腕前はどうかな」

とその胸中ではお染の登場をあざ笑った。

互いにあいさつを済ませ、試合がはじまった。万願寺加藤太は木刀を青眼《せいがん》にピタリと構え、お染が打ち込んでくるのを待っている。お染は小手調べに薙刀を水車のよう

に振り回し、中段に構えると、

「ヤアッ」

と気合いを入れた。

道場に張りつめる二人の気迫。双方じりじりと間合いを詰め、気合いが熟したと見た加藤太から、

「エイヤッ」

という声とともに打ち込んだ。その太刀筋は電光石火の如く、雨霰《あめあられ》のように打ち込んでくる。お染はその木刀を打ち払い、次々に受け流していった。およそ三十数回の火花が散ったが、互いに一歩も譲らない。

お染の力量に接して、加藤太は、

「これはどうも大変な者に出会ってしまった。女にしてこれほどの手練がいるとは。実に珍しい」

と心中で大いに感心した。気を取り直すと気力を振り絞り、

「エエイッ」

と喚《わめ》くとともに、鉄壁も砕けんばかりに打ち込んだ木刀は、お染の小手に当たった。木刀が打ち込まれたのと同時に、お染の薙刀が加藤太の左足をなぎ倒し、双方の相打ちとなった。互いに、

「参りました」

と敬礼して手に汗握る試合は決着した。加藤太は額の汗を拭いながら、

「いや、どうも恐れ入った。このような片田舎に、女にしてこんなにも腕の立つ者がいるとは、本当に驚きました。あなたの筋は静流とお見受けしますが、剣術は何流を習ったのですか？」

「はい。神陰流でございます」

「ふむ、それで柔術の心得はありますか」

「はい。起倒流を習いました」

「では弓術は」

「日置流を少々」

「槍は」

「大島流を」

「馬は、棒は、茶は、花は……」

と根掘り葉掘り尋ねてくる加藤太の質問責めに、お染も対抗してひとつひとつ返答していたが、ついには顔を見合わせての大笑いとなった。加藤太は肩を揺すって笑いに笑い、

「いやあ、参った。田舎といっても馬鹿にはできん。あなたのようなお方があろうとは、夢にも思わなかった。後学のためによい方に出会いました。熊沢先生もよい弟子をお持ちだ」

と半左衛門の方へ向き直った。加藤太は諸国修行のため艱難辛苦《かんなんしんく》をするほどの人物だったので、お染が半左衛門の弟子ではないと知りながらも花を持たせた。

その夜半左衛門は万願寺加藤太を道場に泊め、加藤太を上座に据えてお染、三五郎、忠治、鷲摑の権五郎などを集めて酒宴を催して愉快に杯を傾けた。

翌日、万願寺加藤太は次の道場を目指し府中を出発した。その後、半左衛門は三五郎宅へ出かけるとお染に向かって、

「お染殿、このたびは誠にありがとうございました。あなたのお陰で面目を保つことができ、これに勝る喜びはございません。しばらく当地に留まり、門弟の指導をお願いしたいのですが、どうか聞き届けてください」

と、何度も頼むのに加えて三五郎までも頭を下げるので、お染も断るわけにいかず、

「それでは、私は夫円之助を探している途中でありますが、義母上《ははうえ》も厄介になっていることもありますので、しばらくは御当地に逗留《とうりゅう》いたしましょう」

と快く承知した。

その翌日からお染は忠治とともに熊沢先生の道場に通い、門弟をはじめ三五郎、権五郎の子分たちにまで剣術を教えた。

そんな生活が半年ばかり続いたある日のこと、三五郎の家に、

「御免よ、駒止の親分はいますか?」

と言いながら入ってきたこの男は、鎌首の政吉。この府中宿で十手捕り縄を預かり目《め》明《あか》しを渡世にしているが、三五郎が目にかけて親分子分というよりも、兄弟のように仲が良かった。玄関に出てきた子分が、

「おお、政吉兄か。さあさあどうぞ入ってくだせえ。いま親分は奥にいますよ」

「うむ、そうか。実は内密の話があるのだ。すまないがちょっと親分にそう伝えてくれ」

「まあ、そういわずに上がっておくんなさい」

「ああ、かたじけねえが、今日は少し内密の話があるんだ。ぜひそう親分へ伝えてくれ」

「それじゃあ、ちょっと待っておくんなさい」

と子分は奥へ入っていった。三五郎に政吉が尋ねてきたと伝えると、何事かと玄関まで出ていく。

「おお政か。他人行儀な、勝手に通ればよいものを」

「いや、親分。今日はちょっと話があるんだ。耳を貸してください」

というので、三五郎が顔を寄せると耳元で何やらささやきはじめた。その話を聞くたびに三五郎は驚いて目を丸くした。話を聞き終わると、

「ふうむ。それは困ったことになった。しかし手前がしらせてくれてよかった、かたじけない。では、手前の言葉に従おう。話は聞いたから、まあ上がったらどうだい」

「いや親分、今日はちょっと忙しいので、また出直してきます。今話した件、くれぐれもよろしく頼みます」

と言い残すと鎌首の政吉は立ち去った。

三五郎は腕組みをしてその場で思案に暮れていたが、しばらくすると奥へ入りお染の居間へ入った。

「もしお染さん。お前さんには聞かせたくないが、実はたったいま子分が来て話を持ってきた」

「はい。だいたいの事はお察しいたします。遠慮なさらずに話してください」

「そうか、ならば話しやすい。お前さんたちが俺の家にいることがお役所へわかってしまった。これがもしほかの者の家だったら、すぐさま召し捕ってしまうのだが、俺が日ごろからお役人衆に御交際を願っているので、〝あと二、三日は知らん顔しておくので、早く当地を立たせてしまえ〟ということです」

「……」

「今じゃあお前さんもすっかり改心しておられますが、なにしろ以前に旧悪があるので、ここは我慢して出発しなさい。そのほうが皆にとって都合がいい」

「はい。いろいろご心配をかけて相済みません。それでは明日至急に出立しましょう」

というと、お染は義母のお玉に今後のことを相談し、忠治と一緒に身支度をした。

翌日、すっかり支度を整えたお染は、

「それでは親分、またしばらくはお目にかかれません。義母上《ははうえ》のこと、くれぐれもよろしく頼みます。いずれ夫の円之助からも、何かしらの便りがございましょうから、そのときは私のことも伝えてください」

「いやはや、せっかく馴染みになったのに、それを喜んでいる間もなく今回の始末。悪く思わないで、後々も気をつけてください」

お染は三五郎に深々と頭を下げた。今度はお玉と向き合うと、

「義母《おかあ》さま、私は昨夜お話しした通り当地を立ちますので、しばらくのお別れです。近いうちにお迎えに参りますので、それまで待っていてください。そのうち夫円之助殿からもお知らせが来るでしょう」

と安心させるかのように言い聞かせた。

三五郎をはじめその子分たちと別れを惜しんでいると、お染と忠治の出発の知らせを聞きつけた熊沢半左右衛門、鷲掴の権五郎たちも駆けつけてお染と忠治に暇《いとま》乞《ご》いをした。

皆に見送られて府中宿の駒止三五郎宅を出発したお染と忠治は、これといって目的地はなかったので、一応円之助が向かったという江戸表を目指して歩を進めた。

ようやく高井戸の手前まで来ると、どうしたことか急に忠治が腹痛をおこし、一歩も歩けず次第に熱が上がり苦しみ出した。やっとの思いで高井戸までたどり着くと、

山西屋八蔵という宿屋へ泊まった。

忠治を布団に寝かせて種々介抱したが熱は上がり続け、翌日、医者を呼んで薬をもらったが、起きあがることもできず食べ物も受けつけない有り様だった。お染は日夜帯も解かずに看病したが、一向によくならないので困り果てていた。

そんな日が二、三日続いた夜に、看病疲れからお染は肩が凝《こ》って仕方がないので、表を流していた按摩《あんま》を呼び入れて肩を揉《も》ませた。按摩の気持ちよさと看病の疲れとが相まって、お染はうとうとと居眠りをはじめた。その按摩はお染の内懐へ手を入れて、財布を探り当てるとするすると取り出した。お染はうつらうつらとしていたが、財布を出されたのに気づくと按摩の腕首を引っ摑み、ねじあげると畳へ押さえつけた。

「これ按摩。女と思って侮《あなど》ると手ひどい目に合わすぞ。按摩に化け込んで泥棒をするとは、けしからん」

武術に秀でたお染に押さえつけられた按摩は、苦悶の表情で、

「ああ、痛い痛い。どうか勘弁してください。つい出来心でやってしまいました。ああああ、痛い」

「こら按摩、お前は出来心ではあるまい。その手付きから察するに、こんなことをして渡世にしているのであろう。今後このようなことをしないと言うのならこの手を離してやってもよいが、どうだ」

「へい、もうこれに懲りて、今後は決して悪いことはいたしません。どうかお許しください」

「それでは、今夜のところは誰にも知らせず許すから、以後気をつけるがよい」

というと、お染は手をゆるめ、財布から二両の金子を取り出し、

「このお金をあげるから、決して悪い心を起こさないように。さあ、その金を持って早く帰れ」

このお染の計らいに、按摩は手をついて、

「へい、誠に済まないことをいたしました。その上、大枚のお金をいただくとは、何とも恐れ入ります。では、お言葉に従って、遠慮なく頂戴いたします」

と二両の金を押し抱き、礼を述べてその場を立ち去った。

お染が着物を整えていると、黒船忠治は寝床の中から苦しそうに頭をもたげ、

「姉御、あいつは油断なりませんぜ。あの謝り方といい、帰るときの目つきといい、必ず今夜泥棒に入るに違いない」

「おお忠治、お前もそう思うかい。私も怪しいと思っていたのだ。まあよい。気をつけているから、心配せずに眠りな。病気に障《さわ》るといけないから」

「へえ、どうも今度は大変姉御に心配をおかけしました。この様子ならだんだんよくなりましょうから、もう安心しておくんなさい」

「なあに、そんなことをいうもんじゃない。心配せずに早くよくなっておくれ」

と両人は互いに睦まじく、慰めつつ慰められつつ、会話をしていたがいつの間にか眠りについてしまった。

夜も次第に更けて真夜中を過ぎたころ、宿屋の表に現れたくせ者七人が覆面頭巾《ふくめんずきん》に顔を隠し、互いにささやき合っていた。その中の頭領とおぼしき者が、

「やい、例の奴らは、財布の重さから百や二百は持っているに相違ない。女とはいえ、なかなか手強い奴だからそのつもりで用心しろ」

「へい合点です。なあに、女の一人くらい、手強いといってもたかが知れていまさあね。さあさあ、入りましょう」

というと、仲間の一人は釣り縄を取り出し表の高塀へぱっと投げかけた。それを皮切りに、

「さあ、忍び込むぞ」

と皆々、手慣れた調子で縄を登り、表門の潜り戸を開けて逃げ道を確保したあと見張

りを一人門につけ、建物へ忍び込んだ。頭領は三人の手下を引き連れて、下見しておいた奥座敷へ抜き足差し足忍び込んでいった。

小町のお染は、忠治の言葉通り用心していたので、寝床に入り寝たふりをしていた。以前は自分が本職であったので、針一つ落ちてもわかるほどのお染の耳は、すぐに泥棒たちの侵入に気づいた。

お染は寝床を出ると帯を引き締め、眠っている忠治を起こした。

「どうやら泥棒が入った様子。もし怪我でもしたら一大事、幸いにも隣の部屋が空いているから、しばらくそこにいてちょうだい」

と語りかけると、襖を静かに開いて布団ごと忠治を引きずり隣の間に移動させた。

「さあ、これで大丈夫。心配せずに寝ておくれ」

といって襖を閉めると、身支度をして布団の中へ入って息を凝《こ》らしていた。するとミシミシと廊下を音させてやってきたくせ者は、しばらく襖に耳を当てて内部の様子をうかがっている。しばらくして襖を押し開くと、お染の布団へ忍び寄り布団の裾に手をかけると、一刀を引き抜いて頭に振りおろそうとした瞬間、待ち構えていたお染は布団を蹴飛ばすと泥棒の頭の上に布団をかけて押さえつけた。

不意を突かれた泥棒は布団を取ろうともがき苦しんだが、お染が押さえる布団をはがすことができず、とうとう当て身をくらって気絶してしまった。

お染はロウソクを灯し左手に持ち、右手には泥棒の落とした一刀を提げて廊下に出た。四、五間向こうには三人の泥棒が立っていたので、お染は、

「おのれ泥棒めっ！」

と言ってそこへ斬り込んで行くと、頭領が殺されたと思った三人は刃向かう素振《そぶ》りも見せずに、われ先にと逃げてしまった。まだ誰もこの騒ぎに気がつかなかった様子なので、お染はそのまま居間へ戻った。

居間で、倒した泥棒の頭巾を取ってみると、やはりあの按摩であった。

「忠治の言った通り、こいつは改心してなかったわい」

と思いながら、活を入れて蘇生《そせい》させた。気がついた泥棒に、

「これくせ者。先刻あれほど言い聞かせたのにまだ懲りず、この有り様は何事か。もはやお前に忠告しても駄目だ。そこで意見の印に、今後悪いことをしないようにしてやろう」

というとお染は泥棒の腕を摑んでうしろに回してポキンと付け根から折ってしまった。あまりの痛さにくせ者は、

「うわああっ」

と悲鳴をあげたが、

「これ、静かにしないか。宿屋へ知れたら、お前はただでは済まないはずだ。私が情けを持ってこの場限りに見逃してあげるから、悪い心が起こったときには、この腕を思い出すがよい。また腕折り賃は私が恵んであげるから、これで正業につくがよ

い」

と金子五十両を取り出し、これを手拭いに包んで折れた腕にくりつけた。

「さあ、これで文句はなかろう。お前のような新米の泥棒は、滅多なことをすると
しくじるよ、とっととお帰り」

といって泥棒を引っ立てると、秘かに裏口から放り出した。

お染は居間に戻ると、隣の間へ声をかけた。

「これ忠治、起きているかい」

「へい、起きていました。姉御の仕業には感心いたしやした」

「なあに、あのようにしておけば、向こうも改心するであろうし、私たちの罪滅ぼしになるだろう。さあ忠治、夜が明けるにはまだ早い。もう一寝入りしよう」

と言うと忠治を元の場所に戻し帯を解いて深く眠った。

夜が明けて、宿の者たちも起きてきたが、昨夜の騒動に気づいたものは誰もいなか

った。お染は一安心し、忠治に薬を飲ませるなど介抱を続けた。

その日の昼間、宿屋の表に大兵肥満の男が一人、銀の銅輪入りの長刀を落とし差し、子分二、三人を引き連れてずいっと入ってくるなり、

「やい亭主、女と病人の客が泊まっていやがるだろう」

突然の訪問にびっくりした亭主はおそるおそる出てきて、

「これはこれは、赤旗の親分ですか。へい、お泊まりになっておられます。何か御用でも……」

「そうだ。用もないのに来やしねえ。俺がちょっくら会いてえと、取り次いできな」

「へい、かしこまりました」

というと、亭主はお染たちの居間に走った。

九　ワナにかかったお染

お染に面会を求めた赤旗満蔵という道楽者は、この八王子界隈《かいわい》で子分を二、三百抱え、その名を知られた人物であった。自分の思ったことは縦の物でも横に通そうとする難物者《なんぶつもの》であった。宿屋の亭主も厄介な奴が来たと思ったが、取り継がないわけにもいかないので、お染の居間にやって来た。お染は、

「そうですか、会いたいと。とりあえずお通ししてください、会ってみましょう」

と言うので、亭主は赤旗満蔵を案内してきた。すると赤旗満蔵はあいさつもろくにせず、

「やい女、手前は太い魔女《あま》だなあ。おれの子分をひどく痛めつけやがって。どうしてくれるんだい」

と怒鳴り散らした。お染は驚くかと思いきや、にこりと笑って、

「おや、お前さんは失礼な。一応のあいさつもせず、来て早々に怒鳴るとはどういうことです。わけを話さず、事《こと》も正さず、名乗りもせず、女と思って侮《あなど》るとは理不尽ではありませんか」

と落ち着き払った口ぶり。

「な、な、何だ。洒落《しゃれ》たことをぬかしやがるな。わけは言わなくっても、そっちの胸に覚えがあろう。さあ、何とか色をつけ、あいさつをしなくちゃあ、承知できねえ。返答次第によっちゃあ、息の根を止めてくれるぞ」

と退くどころか、さらに追い打ちをかけてくる。あまりの雑言《ぞうごん》無礼《ぶれい》に、お染も柳眉《りゅうび》を逆立《さかだ》てて、

たです」

「もしそこの人。昨夜来たのはお前さんの子分ですかい。それで、お前さんはどな

「ふむ、俺はこの界隈で人に知られた赤旗満蔵という者だ」

「なるほど、赤旗満蔵という親分ですか。するとお前さんの子分は、泥棒を渡世としているんですか」

と言い終わるより先に、満蔵は眼をむいて、

「やいやい、人聞きの悪い。泥棒とは何だ。俺の子分は泥棒などしなくても、立派に食っていけるのだ。変なことぬかすと、勘弁しねえぞ」

これを聞いたお染は、昨夜の按摩の一件を話した。

「ふうん、お前さんの子分は泥棒じゃないか。昨夜、最初は按摩として入り込み、しくじったのを残念に思い、夜更けに刃物を持って泥棒に入ったのだ。よって意見のために片腕を折り、その治療代にと五十両の金子をくれてやったのに、反対に強談《ごうだん》が

ましきことをいうとは、お前さんも親分に似合わない、訳のわからない人ではないか。よく事情を聞いて、出直しておいでよ。そんなことで人の頭に立てるものかね、馬鹿馬鹿しい」

お染がきっぱりと言い放ち、あざ笑っていると、赤旗満蔵はぽかんとしている。満蔵は根が悪漢無頼のくせ者なので、黙って帰るわけもなく、

「やいやい、子分の奴はそんなことはいわねえぞ。ただ腕を折られて帰ってきて、仕返しをしてくれと泣きついてきやがるから出てきたのだ」

お染は呆れ顔で、

「ほお、それが悪いんだよ。人の頭に立とうというものは、子分のいうことは半分に聞いて、子分に意見するのが当たり前だよ。事の理非《りひ》も調べず、子分のいうことばかりを聞いてとやかくいうと、お前さんの値打ちにかかわるよ。〝一方聞いて下知《げち》なすな〟とはこのことだね。さあ、帰って聞き正して、その上で掛け合いに来るがい

い。こちらは礼こそはいわれても、苦情を受けるわけはないよ。はい憚《はばか》りさま」

とあくまでも満蔵を飲んでかかる傍若無人《ぼうじゃくぶじん》の大言。満蔵はみるみる額に青筋を現し、

「ええい、たとえ子分が悪いにせよ、腕を折るという法があるかい。女の分際で小《こ》生意気《なまいき》によくしゃべりやがる。もう勘弁ならん。このますごすご帰っちゃあ、赤旗満蔵の男が立たねえ、さあ覚悟しろ」

といって立ち上がると、お染に向かって摑みかかって来る。お染も大いに憤り、

「まあ、これほどまでに言って聞かせてもわからないのならば、こちらも許すことはできない。何をするんだい」

といいながら、お染も立ち上がって、今飛びついてくる満蔵の利き腕と肩に手をかけると、

「ヤアッ」

というひと声もろともに畳の上に叩きつけた。

悲しいかな、日ごろは力自慢の満蔵も柔術にかかってはひとたまりもなかった。起きあがり摑みかかれば叩きつけられ、打ちかかっても投げ倒され、まるで幼児を扱うかのようにお染に弄《もてあそ》ばれた。ついには強情我慢の悪漢もへとへとになり、そこに倒れ込んでしまった。わきで震えている子分に向かってお染は、

「これ若い衆、お前たちも文句があるなら何時でもおいで。決して逃げ隠れはしないよ。お前らの納得がいくまで、その骨身に染みこむまで相手になってあげるから、遠慮はいらないよ。どうだい言い分があるかい」

「へ、へい。どうぞ御勘弁なすってください。決して言い分はありませんから」

「ふん、それではこの親分とやらを連れてお帰り。あまりのくたびれように歩けないだろうから、背負っておあげ」

と子分に赤旗満蔵をかつがせて、とうとう追い払ってしまった。

宿屋の亭主をはじめ皆が出てきて、

「へえ、お客様。あなた様はえらいことをなさいました。あの赤旗親分はこの界隈での喧《やかま》し屋で、まっすぐな者でも曲げて通そうという、煮ても焼いても食えない奴です。あなた様に懲《こ》らしめていただきましたのはありがたいことでございます。しかし、奴らはこのままでは済ませないでしょう。必ず仕返しに来ることは目に見えています」

と色青ざめて震えている。お染はこの様子を笑い飛ばし、

「ご亭主、心配にはおよびません。私がきっとお前さん方へ迷惑のかからないようにしますから、安心しなさい」

と平気な顔で亭主たちを慰めた。これを聞いた亭主たちはお染の勇気のほどに驚くとともに呆れ、幾分か安堵はしたものの不安をぬぐい去ることはできなかった。亭主は、

「どうもお客様の大胆至極《だいたんしごく》なのには驚きました。今後とも用心なさいませ」

といって下がっていった。

この日は夕方になっても医者がやってこないので、しびれを切らせたお染は、

「これ忠治、今日はどうしたことか先生が見えないね。私が一走り行って薬をもらってくるから、寂しいだろうがしばらく辛抱しておくれ」

というと、忠治は、

「姉御、一日くらい薬は飲まなくってもよいでしょう。このあいだより大分よいので、医者もそれで来ないのだろうし、姉御に心配をかけて、その上に薬まで取ってきてもらったのでは罰が当たります。今日は見合わせてください」

「いいえ、そうではない。病気は治り口が大事だよ。私も一日家の内にいるのも気がふさぐから、散歩がてら気保養にもなるであろう。隣村といっても近いから、ちょっといってくるから」

というと、忠治が止めるのも聞かずに、日暮れころに宿を立って隣村の順策先生の屋

敷へ薬を取りに出かけた。

お染は日没までには宿に帰ろうと道を急いで高井戸宿を離れ、二、三丁ばかりいくと、突然、道の脇から頬被りした二人の男が躍り出てきたかと思うと、お染に組み付いた。不意を突かれたお染は、

「人違いをするな」

というより早く下駄を脱ぎ捨て、両人の腕を摑むと左右へ投げ飛ばした。すると新たに四人の男が現れ、またもやお染に組みかかろうとする。お染はこの細い路上では分が悪いと考え、五、六間先に見える広場へ男たちを誘い込もうと駆け出すと、どうしたわけか道に縄が通してあった。お染が縄に足を取られてばったりと倒れ、

「しまった」

と思い起きあがろうとするところに、男たちが次々にのしかかって押さえつけ、手と手、足と足とを縛ってしまった。六人の男たちはお染を担いで一目散に駆け出した。

着いたところは八王子の町はずれの野中、周囲を高い塀で囲み、門構えの厳めしい一軒家だった。奥庭の縁《ふち》へお染を下ろすと、一人が家の中へ声をかけた。

「親分、首尾よく計画通り生け捕りにしてきやした」

すると障子の内から、

「おお、ご苦労。縁の柱へ引き縛っておけ」

といいながら現れた男の姿を見れば、誰あろう赤旗満蔵であった。お染はその顔を見るなり大いに怒り、

「やい、欺いてワナを仕掛けるとは卑怯な奴。今日のことを遺恨《いこん》に思い、よくもこんな目にあわせたな」

と歯をくいしばって悔しがった。しかし、いくらお染といえども、こうなってしまっては後の祭り、柱に引き縛られてしまった。

その様子を見た満蔵はせせら笑い、

「やい女め、今日はよくも手ひどい目に合わせてくれたな。いかに剛勇の女でも、騙すのは簡単、この様《ざま》はなんだ。いまさら吼《ほ》えても満蔵の手にかかったら、蛇に睨《にら》まれた蛙も同然、じたばた騒げば騒ぐだけ損の上塗りだ。少しずつ弱らせた上で慰めてやる。さあ、若い奴ら酒肴《しゅこう》の用意をしろ」

と命じると、満蔵はまた家の奥へ入った。

お染は、

「ああ、残念無念。尋常の勝負ならば、たとえ何十人を相手にしようとも、決して負けることはないのに、騙し討ちとは卑怯な奴め」

と口惜しがるばかり。

話は変わって、赤旗満蔵の家の風呂焚《た》き係に仙助という四十ばかりの男がいた。昔は村越金弥（お染の父）が武州川越で町道場を開いていたころに、仲間《ちゅうげん》奉公に住み込んでいた者だったが、主人金弥の居間に忍び込んで金子二百両を盗んで逃げようとしたところを見つけられ、金弥の手討ちにされようとしたのを、お染が取りなして助け、金子五十両をやって暇を出した男である。

仙助がいつものように風呂を焚くため薪を取り出そうと、奥庭へ来てみると、女が柱に括りつけられていた。仙助は驚きつつその女の顔を見ると、どこかで見覚えがあった。しかしうつむいているのでよくわからない。仙助は辺《あた》りに人がいないのを確かめると、女の側に寄って下からその顔をのぞき込んでみた。見上げた仙助とお染と目があった刹那、同時に、

「おお、その方は仙助、仙助ではないか」

「これは、お嬢さんっ」

つい声が大きくなった仙助は辺りを見回し、口を押さえ、

「お嬢さん、どうなさったのですか」

「おお、仙助。その話は後でするから、どうかこの縄をゆるめておくれ。早く早く、

人目にかかったら一大事じゃ。縄さえゆるんでいれば百人力じゃ。頼む早く」

お染の懇願に仙助は、

「へい、かしこまりました」

とわけもわからず縄に手をかけた。まずは足の縄をゆるめ、後ろ手に縛られた縄をゆるめ、次にこれらを解こうとすると、

「これ仙助、解いてはいけない。解かなくてもゆるめてあれば大丈夫じゃ。そうそう、それでよい。早く向こうへ行っておしまい。いずれまた会ったときに、この時の礼を述べるぞ、さあさあ、行った、行った」

と仙助を立ち去らせた。

仙助の姿が見えなくなると、お染はほっと一息ついたあと、

「さあ、今にも満蔵出てきてみよ。手ひどい目にあわせてくれる」

とにっこり笑って俯《うつむ》いていた。

そんなこととは露知らず、赤旗満蔵は悠々と風呂に入って、湯上がりの上機嫌で座敷に戻り、できあがった酒肴をそこへ運ばせ、主立った子分十人余を左右に並ばせた。座布団の上に大胡座《おおあぐら》をかきながら、満蔵は酒を飲みはじめた。酒が回ってくると、

「やい子分ども、今夜は一つ手前たちにも、あとで振る舞ってやるから楽しみにしておれ」

「へい、ありがとうございます。親分、何を振る舞ってくださるんですか」

「お前らは感取りの悪い奴らだ。あの女を振る舞ってやるということだ」

「へ、いやわかりやした。どうもありがとうございます。しかし親分、あのままでは少々手強いかと思いますぜ」

「おお、わかってるわい。そこは俺に考えがあるから、黙って見てろ。やい、頑《がん》八《ぱち》。手前、腕を折られて悔しくはねえのか。ちょっと仕返ししろ」

「へいっ」

と縁側に進んだ子分は、あの按摩の頑八。どかどかとお染の側に近づくと、

「やい女、俺の顔を見忘れたとはいわせねえぞ」

お染は何事かと見上げてみれば、この前二度も懲らしめた按摩の顔。お染の顔は怒りに染まり、

「おお、お前はこの前の按摩。お前のためにこのような目にあわされたのだ。恩を仇で返すとは、例えようもないほどの人でなし。今に見ておれ」

これを聞いた頑八はせせら笑い、

「あはは、手前こそ今にどうなるか見ておれ。今夜はさんざん慰んだあとで、先刻の仇をとってやるぞ。慰むまでは大事の体、手ひどい目に合わせるのは待ってやる。ありがたく思え」

というと足をあげて、お染の腰を一蹴した。お染は、

「おのれっ」

と思ったが、もうしばらくの辛抱と、じっと我慢していた。そこへ今度は赤旗満蔵がやって来て、

「やい女、顔をあげろ。このあいだはよくも散々な目に合わせやがったな。今夜はその仕返しをしてやるから、ありがたく礼を述べろ」

とお染の髷《まげ》を鷲掴み、ぐいっと引き上げてその顔に唾を吐きかけようとする。お染はぐっと満蔵の顔を睨《にら》みつけると同時に、手早く縄から腕を引き抜いて髷を摑んだ満蔵の腕を取って立ち上がった。これを見た子分たちは仰天して、

「おおっ、どうしたことか。縄で縛られていたはずでは」

と騒然とした。お染は烈火の如く怒り、

「やいやい、悪漢無頼のお前らは、問答無用だ。さあ、ひとりひとり手ひどく懲らしめてやるから、覚悟しろ」

という声と一緒に、満蔵の腕を手元にたぐり寄せ、縁の羽目板に骨も砕けんばかりに投げ倒した。うめき声とともに起きあがろうとする満蔵の横腹を目がけ、足をあげての当て身を食らわすと満蔵はたまらず気絶した。

これを見ていた子分たちは、

「それ、親分の仇だ」

と皆一斉に打ち込んできた。お染は前後左右に子分をかわしながら、言葉通りひとりひとり打ち倒し、気絶させてしまった。

お染は一人残らず縛りあげると、ほっと息をつき、

「ああ、とんだ無駄骨をおらせてくれたわ。こんな奴らは今後の見せしめに、世間へ面出しできないようにしてやる」

というと、そこに落ちていた一刀を引き抜くと、満蔵と頑八をはじめ十余人の子分の鼻をそぎ落とした。それぞれ鼻をそぎ落とされる痛みに、

「アッ」

と正気づいたが、すでに手足の自由は奪われているので、動くことも逃げることもできず、虫のようにうねうねともがき苦しんでいる。

お染は頑八の鼻をそぎ落とすと、

「これ按摩、このあいだ恵んでやった金はどうした」

「へえ、あ、あれは懐に……」

「そうか」

とお染は頑八の懐を探って懐中を引き出した。中をあらためると、与えた五十両のほかに二十両入っていたので、

「この二十両は、五十両の利息に取っておくから、心得ておけ」

というと、のたうち回る頑八の腰を蹴飛ばした。

お染めは仙助を呼び出すと、

「これ仙助、お前のお陰で助かった。かたじけなく思う。お前もこのような家にいたのでは、いつまでも下働きでこき使われるばかりだ。ここに七十両あるから、この金を今日のお礼にお前にあげる。まずはここを立って、どこか身の落ち着く場所を決めるとよい。そうしないことにはお前も五十歳近い身で、行く末が思いやられるではないか」

こういわれた仙助は、平身低頭し、

「へい。お嬢さまには一度ならず、二度までも御恩にあずかりまして、お礼は口には述べられません。誠にありがとうございます。それでは、遠慮なくそのお金を頂戴いたします」

「この金を持って、早くこの場を立ち退きな。私もすぐに帰るから。さあ、早く行っておしまい」

と急《せ》き立てられた仙助は、何度もうしろを振り返りながら去っていった。

お染は身支度を調え、引き縛った奴らを部屋の押入に放りこむと、行灯《あんどん》を吹き消し火の始末を万端にしたのち、そっと赤旗満蔵の家を出て宿屋へ急いで戻った。

一方の宿屋では、お染の帰りが遅いので黒船忠治をはじめ亭主までもが首を長くして帰りを待っていた。そこへようやくお染が戻ってきたので、みんなで大喜びした。お染は今夜の一部始終を聞かせると、宿屋の若い者に言いつけて薬を取りに行かせた。お染と忠治は今夜の危難を逃れたことを、互いに祝い喜んだ。

その後、忠治の病気も日増しによくなった。もしも長居をして、またも間違いができては大変と相談したお染と忠治は、ならばひとまず江戸表へ入り込み、夫の円之助殿の所在を探ろうと話を決めた。翌日、お染と忠治は八王子を出発し、江戸表めざして出発した。

十　新宿での騒動と円之助との再会

女侠客小町のお染と黒船忠治の両人は、武州八王子を出発し江戸表を目指した。国分寺をすぎ、大久保を通り、新宿の入り口の手前まで来ると、向こうに黒山の人だかりができ、

「わあっ」

と何か騒いでいる様子。お染と忠治は何事だろうと急いで行ってみた。群衆の人々は口々に、

「なんとも可愛そうじゃないか。たとえどんな事情があったとしても、わずか十一、

二歳の少年を捕らえて、あんなに手ひどい目に合わせなくてもよさそうなものを。誰か口を利いてやるものはいないのかい」

「そうだそうだ。しかし、相手が悪い。あの二人の浪人は、新宿六兵衛親分の賭場押さえで、強い剣術使いだから、あいさつをしたところが駄目だよ」

「それで、あの子供はどこの者」

「あれは、この町の外れに住んでいる浪人の倅《せがれ》だが、父親が病気だとかで毎日この辺で餅菓子を売っているのだ。何でも以前あの浪人が餅を食ってまだ金を払っていないのを、今通りかかったので催促したら、浪人が怒ってぶん殴っているのだ」

「ふむ、殺生なことを。餅菓子を売って親の病気を看ているのなら、餅代くらいは払ってやりゃあいいのになあ」

「ところが、あの浪人はこの町で食い捨て御免というような塩梅《あんばい》で、どこへ行っても金を払ったことはないというのだ」

「それは困った浪人だ」

と口々に悪口を言っているのを聞いたお染は、忠治に向かって、

「これ忠治、今の話を聞いたかい。まるで乱暴ではないか。お前何とかあいさつしておやりよ」

「へえ、よろしゅうございます。ひさしく病気で伏せていたので、事件もなかったが、病気の全快祝いにひとつ浪人をへこませてやりましょう」

「これこれ忠治、お前のようにはじめから喧嘩腰ではいけないよ。穏《おだ》やかに事を荒立てず、丁寧にね……」

「へい、合点です。じゃあ口を利いてみましょう」

そういうと忠治は群衆を押し分け輪の中へ入り、腰をかがめながら浪人のそばへ進むと、

「へへへへ、俺は通りがかりの忠治という、けちな野郎ですが、どうも見てたら子供

が不憫《ふびん》ですから、一つここのところは御勘弁なさって下さることはできませんでしょうか」

忠治の丁寧な申し出に浪人は、

「何、貴様は何だ。無闇に腰をかがめやがって」

「へい、俺はけちな人間ですが、どうか……」

「やい、人間はわかっているわい。何の用があってここへ出たというんだ」

「へえ、その口を利きにでましたので……」

「何だと、口を利くだと。貴様は我々を知って出たのか、または知らずに出たのか」

「へえ、知るといいますと……」

「我々の身分を知っているのか、いないのかと尋ねているのだ」

「へい、なるほど。いえ、決して存じませんので……」

「うん、そうであろう。この新宿の町に住んで、我々を知らんというものはないはずだ。我々は新宿六兵衛の内にいる、余田弾蔵、松岡逸平と申すものだ」

「へええ、それがどうしましたので……」

「いやはや、こいつはけしからん奴だ。我々の名を聞いたら、泣く子も黙《だま》るというくらいの者だぞ。その飛ぶ鳥を落とす勢いの我々とも知らずに、ここへ出しゃばるという法でもあるのか」

とたいそう威張るので、忠治は可笑《おか》しくてたまらないが、じっと笑いを堪え、とぼけ続ける。

「へい、しかし俺は旅の者です。よってお前さんたちがそれほど偉い方かどうだか、そんなことは知りませんが、子供が不憫ですから、どうか今日のところは許してやってくださいませ」

「なになに、お前さんたちとは、失礼千万なる言葉遣いだ。貴様の出る幕はない、控えておれ」

「いえ旦那、控えるくらいならわざわざお前さんたちに悪くいわれるために出て来やあしませんよ。ならぬところをするのが堪忍……」

「やいやい、ああいえばこういう、うるさい奴め。我々がならんといえば、あくまでもならんのだ。ぐずぐずぬかさず、引っ込んでろ」

と足をあげて忠治を蹴ろうとする。ここまでは我慢していた忠治も我慢の限界、浪人の足をひらりとかわすと、怒りの声鋭く、

「やい武士《さんぴん》、大小を二本挟《はさ》んでいれば、農工商の上に立つ士《さむらい》ではねえか。それが何だ、新宿六兵衛などという田舎の親分を笠に着やがって、傍若無人《ぼうじゃくぶじん》の振る舞いをしやがるとはどういうことだ。もう手前《てめえ》が勘弁しようとぬかしても、こっちが勘弁ならん。相手は町人でも骨があるぞ。手前のようななまくら武士《さんぴん》とは段が違うんだ。糞食らえっ」

というが早いか、蹴ろうとした武士の足を引っ摑んで、えいっとばかりに引き倒し

た。するともう一人の浪人は大いに怒り、

「この、小癪《こしゃく》な奴め」

といきなり摑みかかってきたので、忠治は手元に呼び込むと浪人の胸倉を摑み、一方の手を帯際へかけると、お染から習った柔術で目よりも高く持ち上げて、

「やあっ」

と今起きあがろうとする浪人の上にたたき落とした。

二人の浪人は、

「うわあっ」

といいながら頭をかち合わせて悶《もだ》えた。忠治はその上へ腰掛け、

「やい、そんな弱い腕前で名乗りやがって、名前を聞いて呆れらあ。さあ、起きあがれるものなら、起きてみな。じたばたすると腕に覚えのある柔術の極意をもって捻《ひね》りつぶしてやるぞ。どうだ」

「ううん、痛い痛い。ちょっと待ってくれ、息が詰まる。そこをどいてくれ」

と、はじめの威勢はどこへやら、今はただ虫の息で這《は》いつくばるばかり。取り囲んだ群衆は、日ごろ乱暴狼藉《らんぼうろうぜき》を働く浪人がこの情けない有り様になったのを小気味よく思い、

「うわああ、ざまあみやがれ、ただ飯食《めしぐ》いの穀潰《ごくつぶ》し。その町人は偉い。頼もしい。成駒屋ぁ……」

と心の中で叫び、忠治の行いに喝采を送った。

忠治は浪人に向かい、

「やい浪人、この子供の餅代を払うか、どうだ」

「うん、払う、払う。どうか待ってくれ」

「じゃあ、早く払え」

「うん、払ってやるが、こう押さえつけられては金が出せない。少しでもゆるめて

くれ」

「いや、だめだ。ゆるめたら手前たちは逃げ出すかも知れない。こうしていても懐へ手は入れられるじゃねえか。さあ、早く出せ」

と催促されて、二人の浪人は顔をしかめながらようやく財布を取り出し、餅代を払おうと一朱を取り出し、

「これで釣りをくれ」

というのを忠治は鼻で笑い、

「やい、そんな釣りをよこせだなんてけちなことを言うな。さあみんなやってしまえ」

と一朱を支払わせた。忠治は、

「これ小僧、手前は早く帰れ。俺からはこの金をやるから、帰ってお父さんの病気を気をつけてあげるんだぞ。さあ、早く持って帰れ」

と自分の財布から一両の金を取り出して渡した。子供はそれと一朱を手に、

「おじさん、ありがとうございます。このお餅代はもらいますが、この一両をもらってはお父さんに叱られます。これはお返し申します」

と一両をどうしても受け取ろうとしない。忠治をはじめ群衆は感心し、

「いやどうも、武士の子というのは偉いもんだ」

と褒《ほ》めそやしながら、

「俺も五十文やりましょう」

「私《わっち》は百文出しましょう」

「いや、俺は一両張り込もう」

とみるみるうちに五両ばかりの金が集まった。それを子供にやろうとするが、この金も受け取らないで、終《しま》いには泣き出してしまった。

　これを見ていたお染は少年の側に進み、

「これ坊や、このお金はお前の孝行の徳で、天から下さったのだよ。だから心配することはない、取っておきなさい。なに、叱られると……いいえ、お父さんは叱りません。あとで私が行ってお父さんに言い訳してあげるから、早くお帰りなさい」

というと金を子供の懐へ入れてやり、少年を家へ帰した。

お染は忠治へ向き直ると、

「これ忠治、いつまで腰掛けているの。もうよいではないか、早く行こう」

と促した。忠治は、

「へい、参りましょう。やい浪人ども、今後ちょっとでも勝手な熱を吹きやがると、その首を引き抜いてしまうぞ、わかったか」

「はい。もう決して悪いことはしません。どうか勘弁してくれ、頼む」

と手足をばたつかせた。そこで忠治は腰を上げて、浪人たちを起こすと、

「やい町人、覚えてやがれ」

と捨て言葉を残すと、浪人たちはうしろも振り返らずに逃げ去った。

　これを見た忠治とお染は顔を見合わせて、

「あはは、なんとも弱い奴らだ」

と笑った。忠治は着物のほこりをはらうと、

「さあ姉御、あの小僧のところへ寄ってやろうじゃありませんか」

「そうだね。一応寄って話をしておかなければ、あの子供が叱られているかもしれないね」

といって町はずれにあるという子供の家へ向けて歩き始めると、向こうの方から五、六十人が鉢巻きをして、手には得物《えもの》をさげて、

「わあわあ」

とこちらを目指してやってくる。お染と忠治はじっとそれを見ていると、その先頭にさっき痛めつけた二人の浪人が見えた。浪人は、

「やい町人、さっきはよくも我々を散々な目に合わせてくれたな。さあ、今度はお前らを押さえつけてやるから覚悟しろ」

といってうしろを振り返ると、

「それ、皆のものかかれっ」

と声をかける。

「合点承知」

と子分が次々にお染と忠治を取り囲んだ。お染も忠治も買われた喧嘩は逃げるわけにはいかない。二人はきっと身構えながら、

「まあまあ、先刻の手並みに懲《こ》りもせず、またも立ち向かおうとは、身の程を知らないうつけ者め。さあ忠治、ひとりひとり叩き倒しておしまい」

「へい、合点で」

と言うよりも早く忠治は撃ちかかってきた一人の棍棒《こんぼう》を引ったくり、わめき騒いで多

勢の中へ躍り込んだ。一方、小町のお染も多勢の中へ飛び込み、当て身を食らわして次々と子分をなぎ倒していった。大勢いた子分もほとんどが地面に倒れたころ、はるか彼方から新宿六兵衛を先頭に、百人余が加勢に駆けつけた。お染と忠治を二重三重に囲むと、入れ替わり立ち替わり打ってきた。

いかに小町のお染、黒船忠治といえども、先刻からの奮闘にだいぶ疲れてきたところへ、新たな加勢にあってはたまらない。まして忠治にいくら鬼神の勇ありといっても病み上がり、必死に防戦するが形勢が危くなってきた。

お染めは勇気を奮い立たせ、手当たり次第に敵をなぎ倒し、蹴り上げ、殴りつけたが、思うように動けない忠治のことが気にかかり、一刻も早く片をつけようと気持ちばかりがはやる。相手は変わってもその主は変わらず、疲れが出てきたお染は、いまや相手の攻撃をかわすのがやっとの有り様。

このままではお染と忠治はここに枕を並べて討ち死に、もはやこれまで……という

形勢になったとき、神の助けか仏の業《わざ》か、新宿六兵衛の子分たちの背後から、

「待った待った、どいたどいた」

と叫びながら乗り込んでくる武士がいた。立派な出で立ちをした武士は、被っていた深網笠を脱ぎもせず、鉄扇片手に前をふさぐ子分たちを殴りつけていく。武士はお染の近くまで来てその顔を見ると驚き、

「おお、そなたは女房のお染、あちらは黒船忠治ではないか。我こそは大友円之助。こんな木っ葉野郎たちは俺一人でたくさんだ。そなたたちはしばらくそこで休息いたせ」

こういわれたお染と忠治は、

「まあ、夫円之助殿でしたか。よいところへ来てくださいました」

「ご主人でしたか。こうなれば千人力、黒船忠治の腕の続くかぎり、一人残らず殴り倒してやるわい」

と円之助という心強い援軍の登場に、お染も忠治も息を吹き返し、縦横無尽に暴れ出した。

新宿六兵衛の子分たちは大半が打ち倒され、勝ち目がないと見て取った六兵衛は、

「これは敵《かな》わない、逃げよう。手強いぞ、逃げろ。命あっての物種、畑あっての芋種じゃ、それ」

と叫ぶと真っ先に逃げ出した。子分も親分に続けと、蜘蛛の子を散らすように逃げ去った。このとき、向こうの方からさっきの餅菓子売りの子供に手を引かれながら、杖をついて歩いてくる浪人の姿が見えた。浪人は病気と見えて、肉は落ち、眼は窪《くぼ》み、髭《ひげ》は伸び放題というみすぼらしい姿。三人のところへやってくると、大地にへたりこんで息も絶え絶《ただ》えに、

「せ、拙者は、この倅の父、三好勝五郎というもの。こ、事の起こりは、この倅が起こしたと、せ、先刻倅から聞き取り、御方々にお怪我をさせては大変と、拙者の生

命に替えて、この騒動をお留め申さねば、せ、拙者の武士道が相立たないと、ここまで駆けつけました。しかし御覧のように病苦の身、心ははやっても手足がきかない悲しさ。来てみてば、すでに後の祭り。誠に申し訳ございません。この上は、拙者の一命を投げ出してお詫びを申す、御覧あれ」

と言葉も息も切れ切れに、苦痛を忍んで話し終えると同時に腰の一刀を引き抜き、瘦せこけた皺腹へ突き立てようとする。これを見ていた円之助、お染、忠治は感銘を受け、円之助は被っていた深網笠を脱ぐと浪人の手をしっかり押さえ、

「あいや、御浪人しばらくお待ちくだされ。誠に御貴殿の潔白な精神には、ほとほと感服つかまつった。生《せい》は難《かた》し死《し》は安《やす》し。胸中はさることながら、そのように義理立てなさるにはおよばない。まあまあお留まりあれ」

と、無理に刀をもぎ取った。そしてお染と忠治に顔を向けると、

「誠によいところで面会いたした。その方たちにわかれて以来、いろいろな積もる

話もあるが、ここでは話もできない。ひとまずこの御仁《ごじん》の宅へ、この方をお連れしようではないか」

お染は顔を明るくして、

「はい。まだ碌々《ろくろく》ごあいさつもいたしませんが、お懐かしゅうございます。また只今は危難をお助けくだされ、ありがとうございました。それではお供しましょう」

というと忠治にいいつけ、しきりに辞退する浪人を背負わせ、新宿の町はずれにある浪人の家へ歩いていった。

六畳一間へ皆であがると、円之助はこの家の主人に向かって、

「拙者は、奥州田村郡三春《みはる》の城主五万石、秋田弾正忠玄翁殿の家来にして、大友円之助と申す者です。こちらは女房のお染、また家来の黒船忠治にございます」

とあいさつをした。つづけて、

「御人品を察するところ、何か事情があるとお見受けいたします。差し支えなけれ

ば、腹を割ってお話ください。何かお力になれることもあるかもしれません」

と尋ねた。浪人は円之助の心遣いに頭をもたげ、

「はい。申し遅れまして何とも恐縮千万に存じます。拙者は武州入間郡川越の城主、御高一七万石、松平大和守の藩中において、宝田官兵衛という者……」

これを聞いたお染は、びっくりして口を挟んだ。

「まあ、それでは、あなた様が宝田の叔父様でございますか。お懐かしゅうございます」

こういわれた官兵衛は、窪み落ちた眼を見張って、不審の眉をひそめながら、

「そうですが、どうも拙者には思い出せない。あなたはどなたでしたかな」

と考え込んでしまった。見かねたお染は、

「はい、お見忘れなさいましたのも、ごもっともでございます。私が三歳のときに叔父様は御浪人なさったと聞きました。私は村越金弥の娘のお染でございます」

「うむ、それでわかった。金弥の娘であったか、たしか二歳のときに見たばかりでまったく見当もつかなかった。言われてみればそう、母のお里によく似ている。これは何という奇遇であろうか。しかし面目ない境涯である」

官兵衛は喜びと悲しみに心を占拠され、しばしのあいだ言葉もなかった。

お染は円之助に向かい、

「もしあなた、今日の騒動は新宿六兵衛の子分が、この子が売った餅菓子代を踏み倒そうとしたことが事の起こり。ちょうどこの子が私の従兄弟であるとは、これも尽きない縁《えにし》でございましょう」

「おおそうだ、誠に珍しい奇遇である」

と互いに喜んだ。

それから円之助は鎌倉山の御狩場《おかりば》で父の敵《かたき》の鬼尾源左衛門を討ち取り、奥州田村郡三春《みはる》の秋田家の悪人征伐の功により、秋田家へ三百石で仕官した一部始終を話した。

お染は話を聞くたびに喜びの眉を開き、

「それはそれは、誠に結構でございました。お父上の仇を討って、その後が三春の秋田弾正忠玄翁様への御奉公とは、これほどめでたいことはありません。私はあなたと信州善光寺の信濃屋重助宅でお別れ申してから、義母上《ははうえ》にもお目にかかりました」

と自分と忠治の今までのことを詳しく物語った。円之助は聞き終えると、

「ふむ、それはそれは、たびたび危難に出会ったものだな。しかし無事に出会えた、これほど嬉しいことはない。忠治もずいぶん御苦労であった」

と互いに慰め慰められた。

この狭い六畳間も、今日は春が来たかのように、笑い声に満ち、積もる話に花が咲いた。円之助は官兵衛に向かうと、

「それで、貴殿はどんな理由で御浪人をされているのか、どうかお聞かせください」

と尋ねると、官兵衛は姿勢を正し、

「お尋ねに預かって、誠に話すのも涙の種ではございますが、一通りお聞きくださ
れ」

というと語りはじめた。

――いまから十五、六年前、この宝田官兵衛が松平大和守に仕えて食録三百石、物頭役をしていたときのこと。同藩中に黒星権太夫という、お殿様のお側御用人を勤め、禄高五百石をいただいている人物がいた。

官兵衛にはお露という藩中に評判の娘がいた。ある日のこと権太夫は、

「お露を倅の嫁にくれ」

と申し込んだ。これを聞いた官兵衛は、

「権太夫のような奸佞邪知《かんねいじゃち》の奴の家へ、嫁を遣わすことなどできない」

ときっぱりと断った。剛直な性格の官兵衛は、日ごろから武士道に反する権太夫の行いに反感を持っていたのだ。官兵衛は権太夫の縁談話を断ると、すぐにお露を同家中の足軽頭で五十石をいただいている篠原源十郎の嫁にした。

黒星権太夫はこのことを遺恨《いこん》に思い、その仕返しにお殿様に讒言《ざんげん》をしてあらぬ罪を着せて官兵衛を浪人にさせてしまった。このことを聞いた娘婿の篠原源十郎は、

「おのれっ、憎き権太夫の奴め。生かしておくことはできん」

と血気にはやり御殿において権太夫を斬りつけたが、まわりの人々に遮《さえぎ》られてその目的を達することはできなかった。源十郎は切腹となり、お露も自害して相果てた。

官兵衛の妹婿の村越金弥も、日ごろから権太夫の行いを憎んでいたので、どうにかして権太夫を打ち果たそうと狙っているうちに、その機会を得ることもなく病気のために果てた。

「ただ悪運の強い権太夫だけはいまも健在で、お殿様の覚えめでたく、その勢力は藩内で旭の登る勢いと聞いている。自分や娘たちの仇を討ちたいと、日夜思わない日はないが、その恨みが募《つの》って、いまでは病《やまい》に伏してただただ死を待つのみである」

と拳を固めて語り終えた。これを聞いた円之助たちは歯嚙《はが》みをして聞いていたが、中でもお染の口惜しさは格別であった。

「それは叔父上さまも御無念でございましょう。お父上もやはりそのお志と聞いては、その娘である私としては黙って知らん顔をすることはできません。親の志を継ぐのは子供の義務といいますので、私がきっと仇を討ちましょう。あなた、そうじゃありませんか」

と問われた円之助も、

「うむ、誠にもっともなことだ。ならば善は急げだ。ここまで来たのを幸いに、これから川越に参り、機会をうかがって黒星権太夫を討ち取ろう」

と腹を決めた。円之助は金子五十両を取り出すと官兵衛に渡し、

「充分によい医者を迎え、服薬して介抱に専念して朗報をお待ちください」

というと、後日の再会を約束して出発した。

十一　仇討ちを果たして

大友円之助、小町のお染、黒船忠治の三人は、憎き仇敵である黒星権太夫を討つために、武州入間郡川越を目指した。川越が近づくと、お染は円之助に向かい、

「もしあなた、私は川越に住んでいたので皆に顔を見知られておりますから、昼間に歩くのは都合が悪いと思います。だから川越の手前、南大塚にいる親類の家に立ち寄り、日が暮れるのを待ちながらその家で城内の様子などを聞いてみてはいかがでしょう」

と提案すると、

「おお、そうか。それならばそうしよう」

とまずは南大塚の親類宅へ歩を進めた。

南大塚には村越六郎というお染の従兄弟がいた。六郎を訪ねるとひさしぶりのあいさつをかわし、三人は奥の一間に通され丁寧なもてなしを受けた。お染は、

「さて六郎殿、私も以前は身持ち放埒《ほうらつ》にして大変ご心配をおかけしましたが、いまではすっかり改心しました。われわれが当地へ参りましたのは、宝田の叔父上の憎き仇敵、黒星権太夫を討つためでございます」

突然の訪問を怪しんでいた六郎はこれに驚き、ぽかんと口を開けていた。

「ただいま申しましたような次第でございますので、どうかしばらくご厄介に預からせてくださいませ」

とお染が頭を下げると、六郎は気を取り直し、

「いやはや、承知しました。心配は御無用です。遠慮なく逗留してください。また

権太夫の身辺は誰かにいいつけて探らせますから、安心して下さい」と心強い返事をした。この六郎は今でこそ百姓であるが、もともとの武士根性は捨てることなく持ちつづけていた。六郎も官兵衛の親類ということで権太夫の計略にかけられたのであった。お染たちは六郎の家に着いた翌日から、忠治に黒星権太夫の屋敷を見張らせて、その挙動をさぐった。

ある日のこと、いつものように忠治が権太夫の動向をうかがっていると、屋敷から一人の仲間《ちゅうげん》（奉公人）が状箱《じょうばこ》を持って出てきた。忠治は何かわかるかも知れないと、その仲間のあとを尾行した。

仲間は新町の川越屋という居酒屋に入っていった。そこで忠治も遅れて入って見回してみると、奥の机に仲間が一人で座り、酒と肴を楽しんでいた。忠治は近場の椅子に腰をおろすと、

「おい姉さん、何か肴を一つ二つ、あと酒をくれ」

と注文して酒肴が来ると独酌で飲みはじめた。ときどき仲間の方を眺めると、仲間は酒が好きなようで、酒を飲む相手が欲しそうにちらちらと忠治のほうを見ていた。忠治は、

「しめた」

と思いながらも、知らん顔してちびちびと酒を飲んだ。すると仲間が酒を持って忠治の前にやってきて、

「ちょいとお前さん、失礼ですが一杯差し上げましょう。どうも酒というやつは、一人では面白くもないですわ」

「いやあ、どうも仲間さん恐れ入ります。お前さんもなかなか飲める口を持っていなさると見える。俺も二、三合は朝飯前ですが、一人という者は、飲むほどに陰気になっていけませんね。これはいい相手ができて結構、結構。じゃあ、遠慮せずに受けましょう」

と陽気に仲間の酌を受けた忠治は、

「おい姉さん、肴のうまいのと酒を順々に持ってきてくれ。そして勘定は俺の方につけときなよ。いいからいいから、ささ、早く早く」

と、そこは道楽渡世をしていた男、人付き合いに抜け目がない。しばらく飲み交わし二升ばかり酒を飲むと、仲間は限界と見えて、

「も、もう結構。と、とても飲めん」

と言い終わるや否や倒れ込んで、いびきをかいて眠ってしまった。これを見た忠治は、机の横に置いてあった状箱を手元へ引き寄せると、中の手紙を取り出した。それによると、

「十九日に川越から青梅まで、家中の若武士を引き連れ遠乗りをする。よってそれぞれ返事をくれ」

という内容だった。忠治はそれを三度読み返すと、元の通り状箱にしまって勘定を支

払うと外へ出た。

「いやあ、犬も歩けば棒に当たる。好都合なことを嗅《か》ぎ出したものだ。どれ、道を急いで皆を喜ばせよう」

とつぶやいて南大塚の六郎の家へ飛んで帰った。

忠治が帰るとさっそくみんなに集まってもらい今日の報告をした。忠治の話を聞き終えると、まずはお染が口を開いた。

「そうかい、御苦労だったね。それでは十九日の遠乗りの帰りを待ち受けて、黒星権太夫を討ち取ってはどうでしょうか」

「おお、それがよいだろう。しかし俺が思うに、権太夫を討ち果たして生命を奪ってしまっては面白くないうえ、人殺しの罪があるから、彼を殺さずに片腕にしてしまい、お勤めのできないようにして苦しめてやるのがよいと思う。どうだ」

この円之助の提案に、お染はしばらく黙って考えていたが、

「はい。あなたのおっしゃる通りにして、懲らしめてやるのがよろしいでしょう。なあ忠治、それでよいだろう」

「へい、そうです。腕を折るのか、鼻をそぎ落とすか、足をへし折るかは、その場で決めてもよいでしょうな。どちらにしてもお勤めができないようにして苦しめてやるのが上策でしょう」

ということで意見がまとまった。計略を示し合わせると、六郎にもこの旨を話し、皆で十九日になるのを首を長くして待った。


一方の黒星権太夫はといえば、お側用人という日々御前を退出すれば、あとはどう遊ぼうが自由気まま、遊びに飽きないようにと心配するほど気楽な役目を勤めていた。また、その役職から賄賂《わいろ》の雨あられが降って湧いてくる。これをいいことに内密に高利貸しをしているとの噂も立っていた。

そして師走の十九日、空には雲一つない好天気。青梅街道へ遠乗りをしようという権太夫の誘いに集まったのは十五人。馬足をそろえて川越城下を出発し、時には急ぎ時にはゆっくりと青梅街道へと乗り出した。

お染をはじめ円之助、忠治の三人は、早朝から川越と青梅街道の中間にある入間川の堤防脇、松並木の樹の陰に身を潜ませて、権太夫たちの帰りを待ち構えた。やがて昼も過ぎ、夕方の四時ごろになると、はるか先から砂煙を蹴立てて、

「ハイヨー」

とかけ声勇ましく、馬を操り戻ってくる十四、五騎が権太夫を先頭にして駆けて来る。入間川の堤防脇の松並木に差しかかったとき、樹の陰から道の真ん中に三人が躍り出ると、大手を広げて道を遮り、天地に轟く大声で、

「やあ、黒星権太夫殿にもの申す。我こそは大友円之助。先刻からここで貴殿の帰りを待っていた。しばらく馬足を留められよ」

と言葉穏やかに名乗りかけた。すると権太夫はかっと眼をむき、

「やいやい、お前は誰だ。わしの遠乗りを邪魔しようとは無礼千万。我こそは黒星権太夫であるぞ。下がっておれ」

と馬足にかけて蹴散らそうとする。この傍若無人な扱いに円之助は大いに怒り、

「ええい、我は礼儀をもって貴様に向かうのに、理不尽にも我を馬蹄にかけようとは不埒千万《ふらちせんばん》。我が用向きはほかの義ではない。貴様は御殿《おんとの》の御寵愛があるのを鼻にかけ、忠臣を退け奸臣と語らい、常に上にへつらい下を虐げているとの噂。今日までのあいだ、貴様の舌頭によって浪人になった者は数知れず、よって天に代わって誅罰《ちゅうばつ》を加える。観念して覚悟しろ」

と進み寄ると、権太夫の片足を引き摑みずるずると馬上から引きずり下ろした。遠目からこの様子を眺めていた十四人の武士は、

「狼藉者《ろうぜきもの》め。討ち取れ」

とそれぞれに刀を抜いて円之助めがけて馬を進めた。このとき、お染と忠治は樹の陰から躍り出ると、

「理非《りひ》のわからない奴らめ。我らの相手は権太夫ただ一人、それに不満があるならば私の手にかけて懲らしめてくれる。さあ、来い」

というと忠治とともに十四人の騎馬武士を相手に立ち回った。先頭の武士の足を取り、引きずり下ろして入間川の水流にざぶんと投げ込んでしまった。これを見た武士たちは馬に乗っているのを幸いに、われ先にと逃げ出した。

円之助は権太夫を膝下に組み敷いて、

「やい、黒星権太夫。貴様は上にへつらう悪人だ。貴様はこの眼で人を睨むのであろう」

といいながら、小柄を抜き取り、ズブリと権太夫の左眼を打つと、権太夫が悲鳴をあげるのにかまわずえぐり出した。

「やいやい、この腕で賄賂を受け取ったのだろう」

というと権太夫の右腕を取り、力任せにポキンと折った。同じ要領で、

「この鼻で高慢たらしく人をあざ笑うのであろう」

といって鼻をそぎ落とし、

「この足で人を足蹴にするのであろう」

といって足をへし折った。

息も絶え絶えにもがき苦しむ権太夫を馬の鞍に括《くく》りつけると、馬に鞭を打って川越城下に向けて走らせた。馬の姿が見えなくなるまで見送ると、三人は口々に、

「これで腹の虫が落ち着いたな」

「ええ、これで父上や叔父様の無念が晴れました」

「どうも、今日ほど面白いことはありませんでした。ひさしぶりに眼が正月を迎えました」

という と、塵を打ち払い。悠々と南大塚へ帰った。首尾よく仇討ちを果たした旨を六郎に伝えると六郎も大いに喜び、その夜が更けるまで祝杯をあげた。

翌日、三人は六郎に暇乞いをすると、新宿の町はずれに住む宝田官兵衛の家へ行き、

「さて、官兵衛殿。とうとう積年の恨み、貴殿に成り代わって果たしました」

と円之助が知らせれば、

「それを聞いて、拙者の永年の遺恨《いこん》も晴れました。誠にありがとうございます」

と涙を流し病床を這い出して深く礼を述べる。

円之助はお染をこの家に残し、官兵衛の病気がよくなるまで看病させることにして、忠治を引き連れて、母親お玉を迎えに、武州府中宿の駒止三五郎宅へ向かった。

お染はたった一人の叔父のことなので、まめまめしく看病して良薬を飲ませた。官

兵衛の病気は権太夫への恨みが募ったのが原因だったので、恨みを晴らした今となっては痛みも治まり、お染の献身的な看病のおかげで、日に日に快方へ向かった。

一ヶ月もすると家の回りを散歩できるまでに回復した。その後、一ヶ月ほど経て、円之助と忠治はお玉を連れて新宿へ戻ってきた。官兵衛の家は手狭になったので、円之助と忠治、お玉は新宿の町の中に宿を取った。

お玉はお染と一緒に官兵衛の看病をしたので、官兵衛の回復は早まり、とうとう床払いするまでになった。そこで、

「今日は床払いの祝いをしよう」

と朝から酒肴の用意に忙しく皆で喜んでいると、一人の飛脚が官兵衛の家へ入ってきた。

「御免ください。宝田様のお宅はここでございますか」

「はい、そうです。どこから来たのですか」

と尋ねてみれば、

「へい、南大塚の村越六郎様のお宅から伺いました。どうかこのお手紙を御覧ください」

といって手渡された手紙を官兵衛が読むと、お染たちが川越を去ってからのことが書かれていた。

「黒星権太夫は殿様から暇を出され土地にいることもできず、どこかへ行ってしまい、行方知れずになりました。そこで御家老様林玄蕃殿のおおせによると、宝田官兵衛は黒星の讒言《ざんげん》にかかり浪人になったのを、近ごろになってはじめてお殿様も気づいた様子。よって官兵衛の所在がわかれば、また元の通り召し抱えたいとのことです。

拙者がこのあいだ囲碁のお相手に御家老宅へ伺った折りに直接聞いた話です。御家老も是非にとのことなので、新宿を引き払って拙者の屋敷へお越しになってはいかがでしょうか。お待ちしております」

官兵衛はこの書面を見つめたまま、ぽろぽろと涙を流した。やがてお染に向かって、

「これお染、その方らのお陰で、どうやら運が向いてきたらしい。これを見てくれ」

と、差し出した書面を円之助と一緒に読んだ。お染は飛びあがらんばかりに喜び、

「叔父様、これほど嬉しいことはございません。これというのも、叔父上の潔白の精神が天に通じて、この幸福となったのでございましょう」

円之助は、

「いや、よくなるときは三方四方円満に納まるものじゃ。これに増すほどめでたいことはございません」

と手を取り合って喜んだ。その夜は床払いの祝いからはじまり、めでたい出世の門出の祝いなど、夜通し祝い明かした。

翌日には家を引き払い、円之助とお染は餞別として支度のための費用にと百両を官

兵衛に贈った。官兵衛はその金で身支度を調え、子供を連れて南大塚の六郎宅へ向けて出発した。

ほどなくして官兵衛は松平大和守の家臣となり、元の通り三百石を頂戴した。その後、一子の官一を養育して楽しく暮らした。

大友円之助、妻のお染は母親のお玉を連れ、黒船忠治を従えて、ひとまずは江戸表の土手四番町大友主膳の屋敷に越した。叔父である主膳にも今日までの物語をした。その後、ついに奥州の田村郡三春の御城下へ立ち帰り、御殿秋田弾正忠玄翁にお目通りの上、いままでの経過を報告した。

さて、これからについては紙数の関係上、概略を記す。

お染は今は改心したといえども、その旧悪は洗い難く、その筋へ自首しようとしたところ、黒船忠治がその身代わりとなり名乗り出たが、お上にも格別の御詮議をもって、八丈島へ三年の遠島ということになった。これは旗本の大友主膳が、働きかけてくれた結果、このような軽い罰で済んだのだった。

円之助の母お玉は、夫の大友九郎兵衛その他の人々の菩提を弔うため、尼となり三春御城下の片隅に庵を結び、日夜読経に励んだ。

そこでいよいよ何もかも円満に納まったので、大友円之助は御殿様に願い上げ、ついにお染と結婚し、仲睦まじく暮らした。

巻末特集

玉秀斎と講談速記本

割田　剛雄

一　代表的な女侠客

侠客・博徒・遊侠などの正確な記録はあまり残されておりません。もとより堅気《かたぎ》の正業ではなく、世を忍ぶ裏稼業のため、虚実まじえての伝聞がほとんどです。黒駒勝蔵《くろこまのかつぞう》の明治四年の口述書や、清水次郎長の聞き書きをまとめた『東海遊侠伝』などの記録は例外中の例外といえます。このように名高い侠客たちの生涯さえも、その多くは不確かな伝聞記録を中心としています。女侠客の記録はさらに乏しいのが当然といえます。そんななかで、名前を伝えられている代表的な女侠客としては、

①**おきん**…幡随院長兵衛の女房。江戸下谷《したや》の人入《ひとい》れ稼業・山脇惣右衛門の娘。惣右衛門は長兵衛を見込んで跡目を継がせ、娘おきんの婿にしました。

②**おとく**…国定忠治の三人の女の一人。男まさりで、博打も強く、度胸がよかったといいます。聞き書きを残しています。

③**奴《やっこ》のお万《まん》**…浪速《なにわ》の豪商三好家の娘、お雪。少女のころから男勝《まさ》りで、柔術や剣術に長《た》け、美貌の女伊達として浪速市中の人気を一身に集めました。寛延元年（一七四八）初演の人形浄瑠璃『容競出入湊《すがたくらべでいりのみなと》』のモデルです。

④**女無宿おりは**…甲州の武居《たけい》の吃安《どもやす》の子分。黒駒

勝蔵などとともに、武居十人衆の一人。

⑤**追分お侠**…生涯を男装で通し、上州馬庭念流の免許皆伝。

⑥**白ひげ橋のお徳**…夫が女房の体を賭けた博打に負けたため、お徳は平八にもらわれ、平八の死後、亀戸の女郎救済運動に尽くしました。大正初期没。

⑦**三代目おてふ**…清水次郎長の四人目の女房。西尾藩藩士篠原東吾の娘。本名けん。次郎長亡きあと回想録『侠客寡婦物語』を残しました。大正六年没。

⑧**箱原のおさん**…甲州鰍沢《かじかざわ》の村名主の娘。小柄で美人。江ノ島詣りの帰途、箱根で藤沢の彫定《ほりさだ》に進められて全身に大蛇の刺青《いれずみ》を彫り、評判をよびました。明治二〇年頃没。

などが挙げられます。

本書の主人公「小町のお染」は、武州川越藩藩士村越金弥の娘で、剣術・柔術・薙刀などの武芸に秀で、博打の才にも長け、夫・大友円之助の母・お玉への孝養を尽くし、夫の仇討ちを見守り、見事に悲願成就と仕官を見届けます。まるで奴《やっこ》のお万《まん》や女無宿おりは、追分お侠、三代目おてふなど、代表的な女侠客の美点をすべて合わせもつ人物像に描かれています。

なお、奴のお万をモデルとする人形浄瑠璃『容競出入湊《すがたくらべでいりのみなと》』に、黒船忠右衛門という侠客が登場します。本書の作者、二代目玉田玉秀斎《ぎょくしゅうさい》と筆記者山田酔神はこの「黒船忠右衛門」をヒントに黒船忠次の名前をつけたものと思われます。

二　神職の家に生まれ、錫職人になる

二代目玉田玉秀斎は江戸時代末期の安政三年（一八五六）に、京都の神職の家に生まれ、本名を加藤万次郎といいます。長じて大坂に出て錫《すず》職人になりました。

錫器は一三〇〇年前に日本に伝わり、正倉院御物に錫製の薬壺や水瓶が保存されています。金や銀に並ぶ貴重品として、宮中の器や有力神社の神酒徳利、榊立などの神仏具として使用され、京都は錫器制作の有力な拠点でした。江戸時代に錫器の製造中心地が大坂に移ります。

錫は鉄よりも融点が低くて加工しやすく、鉛に比べ害の少ない金属材料です。アルミニウムが安価に生産されるまで、食器などの日用品として広く用いられ、大坂の錫器は特産品として不動の地位を確立し、錫職人は競うようにその腕を振るったといいます。

神職の家に生まれ育った万次郎が、大坂の錫職人になった事情についての詳細は不明ですが、経緯の一端は頷けるものがあります。

しかし、錫職人になった万次郎でしたが、無類の講談好きが高じ、初代玉田玉秀斎に入門し、講談師の道に転じます。資料などから類推すると、玉秀斎への入門の時期は明治一二年以前、万次郎が二三歳になる前のことと考えられます。

三　初代玉田玉秀斎《ぎょくしゅうさい》に入門し講談師に

師匠の初代玉秀斎も神職の家の出身です。そこに万次郎が入門を決意する、なにほどかの機縁があっ

たのかも知れません。初代玉秀斎は玉枝斎と玉芳斎とともに玉田三兄弟と呼ばれ、大坂の講談界で活躍していました。先代旭堂南陵はその芸風を、

「玉田派という玉田三兄弟…（略）…これは神官から出た人で、宮中の事に詳しく、中山問答、菅原天神記、安倍晴明《あべのせいめい》、そういったものが得意で上品な芸風でした」（『関西講談界の思い出』）

と記しています。

万次郎は玉田玉麟《ぎょくりん》の名をもらい、講談師としての修業に励みます。性格は真面目で、酒・煙草・賭博などは一切やらず、読書を好み、講談の語り口も律儀でした。師匠の世話で結婚しましたが、明治一七～一八年に発生したコレラの流行で妻子を失い、以降は独身を通しました。

四　講談筆記本の人気と、失意の玉麟

大阪の講談の最盛期は明治二二～二三年ごろと言われています。その人気に拍車をかけたのが「講談速記本」の出版です。講演を速記者が書写し、加筆訂正して出版する「速記本」の嚆矢《こうし》は三遊亭円朝の『怪談牡丹灯籠』（明治一七年、東京稗史出版社）で、

「我が国における速記本のはじめであると同時に、当時の言文一致運動に大きな影響を与えた……」（旭堂小南陵著『明治期大阪の演芸速記本基礎研究』）

と位置付けられるもので、東京では多数の講談、落語の速記本が出版されました。大阪でもこれに刺激を受け、講談速記本が発行されました。

一方、最盛期の大阪には講談の席が八〇近くありました。先代旭堂南陵によれば、大阪の寄席規則がきわめてゆるやかで、看板と一〇〇枚ほどの座布団、

火鉢を用意すれば、民家でも講釈場の届けを出せたといいます。しかしペスト流行ののち、取り締まりが厳しくなり、講談の席は約三〇軒に激減しました。

玉田三兄弟のうち、師匠の玉秀斎と玉枝斎は明治二五年一二月から二六年末にかけて死亡したと思われ、玉麟は東京へ修業に行きます。南陵は、

「（玉麟が）東京へ修業に行って大阪へ戻って来ると客が取れない。（略）東京戻りとして看板を上げるとサッパリ客が来ない。何故来ないかというと、余り講釈があっさりしすぎている、冗《くど》くなくちゃ客が来ない、『なんじゃいな、さっぱり味がないな、水臭い講釈やな』とこう言われる」（『関西講談界の思い出』）

と記録しています。足立巻一はこの時期の玉麟の心境について、

「師を失って途方に暮れ、そのあげく東京に新生面を求めたのであろう。しかし、その結果はかえって語り口が淡泊になり、大阪の客には受けなかったというのだ。大阪では講談も、あくどく油こくなければならなかった。このことは玉麟を手痛く失望させたにちがいない」（足立巻一『立川文庫の英雄たち』）

と解説しています。

失意の玉麟は西国巡業の旅に出て、四国に渡ります。すると、愛媛県今治で美貌の人妻「山田敬」との運命的な出会いが待っていました。

五　夫と子供を捨てた敬と大阪に逃げる

山田敬は安政二年（一八五五）に今治の回船問屋日吉屋・山田丑蔵の一人娘として生まれました。日吉屋は江戸後期から明治期にかけて活躍した新興商

家です。丑蔵は幕末に勤皇の志士をかくまい、明治維新後は今治第一のの顔役でした。ひとり娘の敬は自由に、贅沢《ぜいたく》に育てられました。

敬が一七歳のとき、丑蔵は今治藩の代々の御典医・大森玄洞の次男又助を養子に迎えました。又助はキリスト教徒でした。洋書に親しみ、自転車に先立つ一輪車を輸入するなど、新規を求める温厚な性格でした。

敬は今治に巡業に来た玉麟と出会い、熱愛します。一方の玉麟はペストで妻子を亡くしたあと、女性関係もないような、律儀な性格の男です。敬の強力な行動力に引きずられ、敬の言うままに、二人して夜の渡海船で大阪に逃げました。敬には近在に嫁ぎ一女をもうけている長女寧《ねい》と、四人の男の子がいましたが、四人の子供たちを残しての大胆な行動でした。

敬の孫娘（長女寧の娘）の作家・池田蘭子は自伝的小説『女紋』の中で、この時期を明治二九年（一八九六）、玉麟四一歳、敬四二歳と推定しています。

そののち、長女寧は母の不行跡を理由に婚家から離縁されました。一方、かなり放逸な芸人世界とはいえ、保守的な空気の残る講談界でも、二人の逃避行を不倫呼ばわりして、玉麟はしばらくの間、講談の席に登らせてもらえませんでした。

この当時、大阪では丸山平次郎編集の月刊講談雑誌『新百千鳥』が地歩を固め、速記全盛の時代に入ろうとしていました。敬は時流の変化にすばやく着目し、玉麟を速記講談へ向かわせようとしました。しかし、玉麟は速記講談を邪道視して、細々でも講談を演ずることに歓びを見出していました。

速記講談は速記の技術があれば、だれにでもできるというものではありません。速記能力と文才を合わせ持たなければ上手くいきませんでした。そうした才能ある速記者は少なく、したがって需要に追いつかず、多忙をきわめ、講談師以上の優遇を受けていました。その速記練達の第一人者が月刊講談雑誌『新百千鳥』の丸山平次郎で、当時の大阪の速記界を牛耳《ぎゅうじ》っていました。

困窮する生活を支えながら、敬は思案し、

「やはり、速記講談に活路を見出さなければならない」

と、時代の趨勢を読み切り、丸山平次郎に次ぐ速記者山田都一郎に目をつけます。敬は玉麟に相談せずに都一郎を訪問し、強引に懇願し、ついに承諾させてしまいました。速記講談を不純とする無欲な玉麟も、この敬の豪腕に押し切られるかたちで、ついに承諾しました。

さらに敬は、山田都一郎を玉麟に繋ぎとめるため、長女寧を郷里今治から呼び寄せ、二度の破婚歴のある、独身中の都一郎に、嫌がる寧を無理やりに嫁がせました。

こうして実現した山田都一郎速記の玉麟の講談本は大阪の読者に大好評で迎えられ、その結果、玉麟は「二代目玉秀斎」を襲名することができました。

六　災い転じて、書き講談の世界を開拓

山田都一郎との蜜月は長く続きませんでした。二年たらずで寧と都一郎が離婚し、敬と二代目玉秀斎は有能な速記者を失いました。これは二人にとって、大きな痛手でした。明治三五年六月の岡本増進堂の広告には、樋口南洋速記の玉秀斎の講談本が掲載さ

れていますが、南洋はあくまでも、急場の一時しのぎだったようです。

　そのころ、今治に残してきた四人の子ども達が成長し、次男が東京に出たほかは三人とも大阪に在住し、長男阿鉄《おてつ》は歯医者に、三男顕は税関吏に、四男唯夫は会社員になっていました。いずれも玉秀斎の素朴な人柄に触れて、過去の事件にこだわらない間柄になっていました。

　速記者山田都一郎との決別で、玉秀斎の講談本が出版できなくなったのを見て、阿鉄が、

「自分たちで筆記すれば、いいではないか」

と言いました。素人の筆記を懸念する玉秀斎を尻目に、阿鉄はさっそく実行しました。

　できあがりは意外にも、有能速記者の講談本よりも好評でした。玉秀斎の語る講談を筆記しながら、阿鉄が文章や筋立てに潤色を加えたため、内容が一段と面白くなり、なによりも読みやすくなっていたのです。

　敬と玉秀斎にとって、思いもよらぬ結果でした。しかし、これこそが「速記講談」から「書き講談」への大転機でした。

　長男の阿鉄は女性のような名前ですが、

「山田家に男子が育たない」

との言い伝えがあるため、女性名が付けられたのです。通称は鉄夫でした。今治では郡役所に務めたり、代用教員になったり、大阪に出てからは歯医者の見習いになって間もなく独立しています。文学を好み、小説を読みあさり、歴史書から武芸書まで、広範囲に乱読していました。また寄席が好きでよく通い、酔神と号しました。本職の歯科医をほったらかしに

して、講談筆記に打ち込みました。このころの事情は、

「玉秀斎の講談本が売れ出すと、酔神ひとりでは追いつかず、敬も寧も弟の顕も唯夫も仕事の余暇に筆記することになる。そのうちに酔神が企画し、題材を出し、玉秀斎が目をとおす、という家族による集団創作となった」(足立巻一『立川文庫の英雄たち』)

というものでした。

酔神の参画で玉秀斎の演目が玉麟時代、山田都一郎筆記や樋口南洋速記のころに比較して、多彩な広がりを見せています。たとえば、

「真田幸村諸国漫遊記」

「真田幸村佐渡ヶ島大仇討」

「真田幸村北国漫遊記」

などの「真田幸村もの」が加わって来ていることが、特徴的で、酔神の企画題材提供の効果が顕著に見られます。

こうして、講談師の語りを速記するだけの「速記講談」から、創作的な「書く講談」へ大きく展開していき、同時に二代目玉秀斎の人気は不動のものとなりました。そしてこの時代に、本書『小町のお染』が「玉秀斎講演、山田酔神筆記」のもとに、大阪の中川玉成堂から明治四二年に出版されました。

七　立川文庫の輝き

大阪で玉秀斎一家が苦闘し、新しい「書き講談」に活路を見出したあと、しばらくして東京で、講談倶楽部の野間清治は大半の講談師にボイコットされ、苦境に立たされました。野間はこの危機を打開するために、

「こうなったら、新講談でゆく」

と決意します。新講談は従来の「講談師＋速記者」による講談ではなく、文筆業者が書いた新しい講談という意味でした。野間は、

「講談師とその速記者から、絶縁を宣告され、講談倶楽部の記事の水源を断ち切られて進退きわまる窮地におちいったのである。しかしそれを切り抜けたことが、ただに講談社の基礎を強固にしたばかりか、窮余の策として『新講談』また一部の人のいわゆる『書き講談』を生み、これが後日の大衆文学創世のきっかけになったのは、鳶の卵から、鷹がまい出たようなものである」（『講談社の歩んだ五十年』）

と回想しています。この新講談の興隆によって、速記者は次第に没落し、講談倶楽部は黄金期を迎え、新講談の筆者の中から吉川英治をはじめとする大衆小説家が誕生してきました。

本書『小町のお染』刊行の二年後、明治四四年（一九一一）五月に、酔神が着想し、立川文明堂の立川熊次郎がこれにこたえて『立川文庫』を創刊し、爆発的なブームを巻き起こします。計一九六篇が刊行された中で、真田幸村や猿飛佐助や霧隠才蔵などが活躍する五三編が玉秀斎の講談です。

この『立川文庫』のブームに湧く大正八年（一九一九）に、二代目玉秀斎は波乱の六三年の生涯を閉じました。

著者紹介

玉《たま》田《だ》玉《ぎょく》秀斎《しゅうさい》（一八五六—一九一九）

安政三年、京都の神職の家に生まれる。本名加藤万次郎。長じて大阪に出て錫職人となる。幼少より無類の講談好きで、二三歳のころ初代玉田玉秀斎に入門し、「玉田玉麟」を名乗る。

師匠の死後、四国の今治に巡業中の明治二九年に山田敬と知り合い、駆け落ちして大阪に帰る。山田都一郎速記の講談本が大好評を得て、二代目玉田玉秀斎を襲名。その後「速記講談」から「書き講談」に移り、明治四四年創刊の「立川文庫」で真田幸村や猿飛佐助、霧隠才蔵が空前の人気を博す。大正八年死去。享年六三歳。

義と仁叢書6

女侠客《おんなきょうかく》小町《こまち》のお染《そめ》

平成二十八年一月二十五日　初版第一刷発行

著　者　玉田玉秀斎

発行者　佐藤今朝夫

発行所　株式会社　国書刊行会
〒一七四—〇〇五六
東京都板橋区志村一—一三—一五
TEL　〇三（五九七〇）七四二一
FAX　〇三（五九七〇）七四二七
http://www.kokusho.co.jp
e-mail:info@kokusho.co.jp
印　刷　株式会社エーヴィスシステムズ

製　本　株式会社ブックアート

ISBN 978-4-336-05980-2